L'India senza Gandhi

Da Hey Ram a Ram Rajya: capire cosa rende questo miraggio una nazione miracolosa con Vatan, Vardi, Zameer

Translated to Italian from the English version of India without Gandhi

Mitrajit Biswas

Ukiyoto Publishing

Tutti i diritti di pubblicazione globali sono detenuti da

Ukiyoto Publishing

Pubblicato nel 2024

Contenuto Copyright © Mitrajit Biswas

ISBN 9789364945059

Tutti i diritti riservati.
Nessuna parte di questa pubblicazione può essere riprodotta, trasmessa o memorizzata in un sistema di recupero, in qualsiasi forma e con qualsiasi mezzo, elettronico, meccanico, di fotocopiatura, registrazione o altro, senza la previa autorizzazione dell'editore.

Sono stati rivendicati i diritti morali dell'autore.

Questo libro viene venduto a condizione che non venga prestato, rivenduto, noleggiato o diffuso in altro modo, senza il previo consenso dell'editore, in una forma di rilegatura o copertina diversa da quella in cui è stato pubblicato.

www.ukiyoto.com

Alessandro al suo generale Seleuco Nicatore, il primo straniero conosciuto ad essere presente nel subcontinente per l'espansione del suo impero, disse: "*Davvero Seleuco, questo è un paese così strano*".

Dal dramma storico Chandragupta di Dwijendralal Ray del 1911

Contenuti

Parte 1: Una società feudale e la costruzione della nazione   1

Un viaggio nella memoria   2

Una confluenza di due idee fuse con due colori diversi.   5

Da Jinnah a Gandhi, passando per Tilak, Golwalkar e Savarkar, che si sono fatti carico dell'identità indù, Jan Sangh, RSS e Ram Rajya - prima parte.   8

Da Jinnah a Gandhi, passando per Tilak, Golwalkar e Savarkar, che si sono fatti carico dell'identità indù, Jan Sangh, RSS e Ram Rajya - seconda parte.   12

Le economie della politica indiana a livello locale, regionale e nazionale: Politico Economus   17

Sentite India o Bharat?   20

Parte 2: Creazione di narrazioni e definizione di parametri di riferimento per la società.   24

Cambiare il modo in cui la storia viene raccontata; non importa per chi o per chi?   25

Impatto sulla società attraverso la comunicazione nei tempi che cambiano   27

Tra Hitler e Stalin: oltre Trump e Putin per una nuova India   30

Siate il cambiamento, spazzate via il vecchio e fate largo: Ci siamo allontanati dai sogni di coloro che hanno versato sangue per la nostra libertà e il nostro autogoverno?   33

L'economia gandhiana, il desi rurale, il paese di recente industrializzazione e il raj miliardario   36

L'I.P.L. (Lega politica indiana) dell'India da Hey Ram a Ram Rajya   40

Parte 3: Il puzzle e l'enigma dell'India, dove il passato incontra il presente nella speranza di un futuro migliore.   43

Mitologia, leggende e dilemma socio-politico indiano   44

India la terra per dimostrare Vini, Vidi, Vici?!: Caccia alla gloria sportiva e culturale.   46

Ek Bharat, Shrestha Bharat: One Nation-One Election al Codice Civile Uniforme, il concetto di "Diversità nell'Unità" dell'India viene semplificato? 49

Parte 4: La danza della democrazia? 53

I media come quarto pilastro o come portatore di frusta del circo in una democrazia apparentemente cangurosa: Sicurezza alimentare, democrazia o indice di libertà dei media perché stiamo scivolando verso il basso? 54

Il nepotismo è una roccia, dicono alcuni, il talento o la meritocrazia sono più avanti, e allora dov'è la democrazia in India? 57

Il miracolo di gestire la nazione di un paese a puzzle 60

1,4 miliardi di persone e più, le dimensioni contano! Beh, la qualità non così tanto? Come decodificare l'enigma delle 3P+C (povertà, inquinamento e popolazione più corruzione) per una crescita e uno sviluppo ugualitari 63

Abbiamo raggiunto lo spazio dalla terra delle mucche grazie al coraggio di pochi e dove siamo diretti ora nel mondo tecnocratico? 66

Vogliamo essere una startup guidata dai giovani, ma stiamo facendo abbastanza per loro? 69

Roti, kapda, makaan (Cibo, Vestiti, Riparo) con sanità e istruzione universali, ancora dietro a Dharam, Jati e Deshbhakti (Religione, Casta e Nazionalismo) per Watan, Vardi e Zameer (Nazione, Uniforme e Coscienza). 73

Conclusione 76

Parte 1: Una società feudale e la costruzione della nazione

Un viaggio nella memoria

Cominciamo con alcuni ricordi personali che ho avuto. Nel corso degli anni ho incontrato alcuni amici e ospiti stranieri. Alcuni hanno fatto affermazioni del tipo: "Gli indiani sono tutti piccoli come te" (riferendosi a me, un ragazzo basso). Alcuni mi hanno chiesto perché non parliamo indiano e come mai qui ci sono così tante culture diverse. Un fatto che è stato sinceramente apprezzato da alcuni amici non indiani. Ci sono molti libri che sono stati scritti sull'India, che si stanno scrivendo e che si scriveranno in futuro. La natura del Paese, l'India, che ancora oggi è oggetto di dibattiti sui suoi altri nomi, ha subito cambiamenti che solo alcuni possono definire, comprendere e analizzare. Posso ammettere onestamente di non essere in grado di fare nessuna delle due cose. Tuttavia, l'idea di comprendere l'India è incomprensibile se guardata da una prospettiva unificata di lente occidentale. L'India è sempre stata presente nella coscienza [1] che è stata esemplificata dagli studiosi in molte opere. Tuttavia, le sfumature della diversità culturale sono sempre state una questione che si può indagare da diversi punti di vista, ma che potrebbe non essere il quadro culturale completo. La questione dell'India di non essere considerata un'unica nazione è ormai ampiamente sfatata: si trattava di un'invenzione coloniale. L'elemento di un confine ben o mal definito dopo la spartizione, un inno nazionale composto da *Rabindranath Tagore* che ha avuto la sua parte di controversie perché scritto per la visita di *Re Giorgio V* [2] una rivendicazione che non può essere stabilita con certezza, una bandiera nazionale che ha cambiato il suo disegno prima di essere accettata nella forma attuale. L'idea dell'India, tuttavia, è già stata trattata da molti su come è stata, su cosa è stata ma soprattutto su cosa può essere. Sì, si parla dell'India come di una nazione post-coloniale, ma se risaliamo alle origini dell'India, tutto risale ai tempi della terra di Gondwana, il supercontinente che aveva il subcontinente dell'India. Oggi il subcontinente può essere attraversato da differenze religiose, distinzioni culturali, diversità linguistiche e considerazioni etniche, ma

---

[1] *Jawaharlal Nehru*, 1946, *La scoperta dell'India*, p. 37, Oxford.
[2] *L'inno nazionale indiano esalta gli inglesi?* - Notizie della BBC

ci sono alcune cose che lo legano insieme, ovvero i percorsi politici che si sono susseguiti nel corso dei secoli fino ai tempi attuali e che potrebbero proseguire in futuro. Il concetto di guardare alle contorte ideologie del subcontinente di oggi può essere ricondotto alle radici da cui tutto è partito. L'India, se si è occupata dello stadio evolutivo fino all'arrivo dell'Homo Sapiens, dopo pochi anni si è evoluta attraverso gli stadi della pietra e del ferro che hanno poi dato origine alla conoscenza e alla civiltà. È un fatto ben documentato che la società politica sia stata un sottoprodotto delle precedenti evoluzioni della società. Il dibattito sul fatto che la Valle dell'Indo sia più antica della civiltà dravidica o meno continua a tornare di tanto in tanto[3]. Ma passiamo ora ai quadranti della società politica indiana di oggi e a come è stata plasmata dal passato, si sta evolvendo oggi ma non si può mai sapere cosa si prospetta per il futuro. Questa idea è quella per cui l'India nella sua forma moderna ha importanti connessioni con il passato e potrebbe essere quella del futuro. Il sistema politico indiano si è sviluppato oggi come un sistema lasciato in eredità dal feudalesimo e dal colonialismo. Se guardiamo alle origini della politica indiana, non è mai stata una storia lineare come quella di molti altri Paesi. L'idea della politica indiana è stata in primo piano fin dall'inizio della civiltà della Valle dell'Indo e di quella dravidica. Tutti sanno che le origini del pensiero politico indiano nella forma delle opere raccolte devono essere attribuite a Chanakya Kautilya e alla sua opera nota come Artha shastra. [4]Ogni sistema politico in ogni Paese ha sempre dovuto essere costruito intorno alla società, così come la società costruisce la politica. Gli otto grandi imperi di origine indiana, anche se non in senso stretto, a partire da quello dei *Maurya, dei Gupta, dei Cholas, del Sultanato di Delhi, dei Maratha, dei Rajput, dell'impero Vijayanagar e dei Moghul* , sono stati plasmati e spazzati via dalle tentazioni coloniali degli [5]**inglesi**. Qui potrei essere fermato e rettificato perché i Rajput e il Sultanato di Delhi non erano un impero continuo e unito, ma avevano in comune, in misura minore o maggiore, colpi di stato, assassinii silenziosi e

---

[3] *Lingue dravidiche ancestrali nella civiltà dell'Indo: una parola-dente dravidica ultraconservata rivela una profonda ascendenza linguistica e supporta la genetica* | Humanities and Social Sciences Communications (nature.com)

[4] *Project MUSE - L'Arthasastra di Kautilya sulla guerra e la diplomazia nell'India antica (jhu.edu)*
[5] *I cinque più grandi imperi indiani di tutti i tempi* | The National Interest

continuavano ad essere imperi dinastici in senso lato con un sistema feudale. Il re o l'imperatore a capo del potere, che aveva vassalli feudali per sorvegliare i territori, è stato il sistema che non ha subito grandi cambiamenti fino a quando la forma occidentale del sistema politico non è entrata in India. L'idea di un pensiero politico europeo è stata la ciliegina sulla torta nelle ultime fasi dello sviluppo politico. Tuttavia, non voglio sprecare parole su cose già note. La vera domanda è come il sistema politico indiano di oggi sia diventato un ibrido di democrazia basata sul feudalesimo. Si è già accennato all'idea di feudalesimo, che era un fenomeno globale e che era stato utilizzato per far funzionare i più grandi imperi o dinastie dell'India. L'importante libro *di Jared Diamond* "**Guns, Germs and Steel**" mette in evidenza l'importanza della rivoluzione industriale dell'Occidente e le sue immense implicazioni sulla società occidentale, in particolare l'eliminazione del sistema feudale, anche se la monarchia rimase, e un nuovo senso di democrazia iniziò davvero a tessersi nel mondo occidentale. Il potere del popolo era strettamente legato alla società basata sul capitalismo che, pur avvantaggiando l'élite degli industriali, apriva le masse a una nuova ondata di imprenditorialità e di possibilità di fare affari. Pertanto, il libro sopra citato ha sicuramente evidenziato l'importanza dell'innovazione della scienza e della tecnologia su scala massiccia in un salto quantico che ha influenzato anche le basi politiche della società. Non si può mai trascurare l'idea di tutto il mondo di un cambiamento di paradigma che ha spazzato via il tradizionale consiglio dei ministri selezionati e non eletti o il modello gerarchico del feudalesimo che ha preso il sopravvento. In India, tuttavia, c'era un mix di così tanti sistemi diversi che non si può iniziare a delimitare chiaramente il sistema indigeno e quello occidentale in caselle ben definite. Sono piuttosto la fusione dei due processi di pensiero, come le acque di un fiume che, nonostante la fusione, mantengono colori diversi per mantenere la propria identità. L'India era solita credere nella sua civiltà millenaria che stava emergendo e si stava sviluppando nel nord e nel sud dell'India, così come nell'est e nell'ovest dell'India, che ha reso questa nazione ciò che è oggi. Ha sanguinato ed è stata ferita, ma forse è la qualità meravigliosa di questa nazione, mai diminuita, che ha mantenuto in vita questa nazione vulnerabile segnando il suo posto.

Una confluenza di due idee fuse con due colori diversi.

È ben documentato che il sistema politico indiano è un residuo del sistema coloniale e feudale. Le recenti modifiche al Codice penale indiano, che si suppone sia stato preso dal sistema irlandese, sono state modificate dopo più di 150 anni. Tuttavia, il cambiamento è di tipo estetico, poiché le sezioni sono state solo trasferite dalla sezione precedente ad altre sezioni nella nuova disposizione. Anche il sistema di polizia, nella sua forma attuale, ricorda in modo evidente l'ibrido sistema coloniale e feudale, che ancora si rivolge alla gerarchia di casta in un contesto più ampio. Tornando al sistema politico, la più grande democrazia del mondo, l'India, è ancora afflitta dal problema della rappresentanza e il funzionamento del meccanismo di voto è il punto in cui la nostra democrazia forse inizia e finisce. Torniamo ora alla questione dei media, che dovrebbero essere la critica del sistema politico e uno specchio della società, come in molte altre nazioni, anche in India hanno vacillato. Quindi, la questione della politica è più simile allo stile di autogoverno degli zamindar nei tempi moderni, dove le votazioni elettorali sono diventate la nuova norma di influenza. Il sistema elettorale nelle aree rurali sembra funzionare ancora sulla base di sindromi medievali in cui gli zamindar o i cosiddetti signori feudali o forse i re sono stati sostituiti dal sistema politico che ha nominato uomini e donne forti nel dominio della politica di potere. Lo Stato agisce come mezzo o piuttosto come fattore abilitante e collaborativo per l'imposizione delle dinamiche di potere. Questo può essere criticato per essere riduttivo e generalizzato, ma se lo si prende con un pizzico di sale e anche con un contesto di parzialità, è vero che la democrazia indiana nella sua forma più vera è ancora carente quando si tratta della questione della rappresentanza. La parola democrazia rappresentativa è davvero ciò che rimane nella più grande democrazia del mondo, l'India. Anche in Occidente ci sono state diverse critiche alla democrazia, dall'inizio del fascismo all'ascesa del neofascismo, in modo un po' diverso, sempre nel mondo occidentale. Tornando all'India, che ha avuto tradizioni di democrazia alla maniera orientale, basata sulla discussione e sulla deliberazione, nonostante si vanti di essere un guscio di democrazia in un contesto più ampio[6]. La classe media, che spesso viene chiamata classe bovina, è quella che non si preoccupa molto della salute della democrazia, ma che lavora secondo il principio della *"Teoria della Mano Invisibile"*, lavorando per se stessa a beneficio della società e della comunità più ampia, con effetto trickle-down. La politica indiana degli anni passati è stata il culmine del coordinamento dell'amministrazione locale che dipendeva dal re e dal suo consiglio dei ministri, almeno in senso lato. Anche all'epoca della *Civiltà della Valle dell'Indo*, le dinamiche della politica dipendevano da una manciata di membri del consiglio. La politica del subcontinente, che si è evoluta nella forma odierna, ha avuto alcuni elementi comuni in termini di re e consiglio dei ministri o consiglio di persone anziane o considerate sagge, nonostante le differenze religiose. L'India è oggi un modello ibrido di politica feudale e coloniale, come ho già detto. Il problema di questo tipo di modello è stato riscontrato più volte anche nelle istituzioni del governo, come la corte giudiziaria, le forze di polizia e persino la burocrazia, che sono tutti retaggi coloniali. I passi dell'India verso la democrazia non sono frutto di una prova di fede, ma di un processo graduale. L'India ha avuto idee di democrazia che potrebbero non essere adatte alle idee di come la democrazia westfaliana è oggi in Europa[7]. Tuttavia, il concetto di democrazia indiana o di sistema politico intende riflettere sull'idea di diversità che in India è pronunciata, anche se non tanto quanto in Africa, ma non meno pronunciata, in modo importante. La democrazia indiana è come un mosaico che ha avuto origine dal viaggio della nazione, che ha attraversato millenni di cambiamenti ed evoluzioni. L'India ha compiuto dei passi nel corso del tempo, che sono stati mescolati con culture, sangue e conflitti, eppure l'India di oggi è più che altro un culmine di culture diverse che è caleidoscopico o simile a un mosaico. Non c'è un motivo o un colore preciso che si possa dire dominante, ma la mescolanza dei disegni e dei colori dei diversi modelli è ciò che rappresenta l'India nella sua forma attuale. Il processo democratico che esisteva nel primo *periodo vedico*, o nella *civiltà dell'Indo*, prevedeva che gli

---

[6] *The Wire: The Wire News India, Ultime notizie, Notizie dall'India, Politica, Affari esteri, Scienza, Economia, Genere e Cultura*
[7] *Westfalia (ecpr.eu)*

abitanti dei villaggi fossero considerati i soggetti interessati[8]. Tuttavia, in fasi successive, attraverso i vari regni, l'India ha sviluppato il senso della gerarchia. Questa gerarchia è ciò che si è complicato con il sistema delle caste e l'eredità coloniale che ho continuato a sottolineare. Nel complesso, quindi, l'idea delle dinamiche politiche si basa sulla politica dinastica, che ha un'antitesi più forte rispetto alla politica regionale o alla politica panindiana basata sull'identità religiosa, entrambe presenti in India. L'idea di politica regionale ha forti legami con il passato della democrazia che ha trasformato l'India in una terra in cui le identità convergono, pur mantenendo l'identità naturale uniforme. Il livello successivo è quello dell'identità nazionale della politica basata sulla religione, che si è sviluppata negli ultimi due decenni sotto il nome di **Bhartiya Janata Party (BJP)**, il più grande partito al mondo per numero di iscritti, superiore a **CCP (Partito Comunista Cinese)**. L'identità politica dell'India nei tempi attuali è qualcosa che sta cambiando dinamicamente e si sta completamente metamorfosando dal modo in cui gli ideali gandhiani si sono evoluti alle idee di Tilak. L'idea di democrazia in India si articola su tre livelli: indiretto, parzialmente diretto-indiretto e diretto. L'elezione del presidente dell'India avviene in modo completamente indiretto, poiché la Costituzione non consente al presidente di essere più che il capo nominale dello Stato. Al livello successivo arriva il processo più complicato e complesso, che sulla carta può essere semplice e lineare, ma nella nazione indiana assume un significato molto diverso. L'India vuole vantarsi e vantarsi della democrazia che ha, definendosi con orgoglio "la*più grande democrazia del mondo*". Tuttavia, il recente indice sullo stato di salute della democrazia ci colloca in una posizione simile a quella del Niger, il che è sicuramente scomodo per una nazione come l'India che vuole e si sta avvicinando all'Occidente in virtù dei suoi presunti principi democratici. Mentre noi veniamo definiti un'autocrazia elettorale, che sicuramente non è andata bene al governo in carica che sta progettando il proprio indice di democrazia. Di certo l'India non vorrebbe essere una "*democrazia della folla, dalla folla e per la folla*" che ha una reale possibilità.

---

[8] *Le antiche democrazie indiane* / LES DEMOCRATIES ANCIENNES DE L'INDE on JSTOR

Da Jinnah a Gandhi, passando per Tilak, Golwalkar e Savarkar, che si sono fatti carico dell'identità indù, Jan Sangh, RSS e Ram Rajya - prima parte.

La questione dello sviluppo politico dell'India, come già detto, ha attraversato le varie fasi delle dinastie e dei regni che hanno governato su di noi prima dell'impronta coloniale finale. Tuttavia, c'è un aspetto particolareggiato, che è stato discusso in dettaglio in opere come "The Indians", che copre le tracce dell'origine dell'India come nazione di oggi, che non può essere misurata solo in bianco e nero, ma ha più di una gamma di colori di pensieri che possono essere esplorati. È ben documentato che l'idea dello sviluppo politico in India è stata quella di spaziare da sinistra a destra, anche se è sempre stato detto che si tratta di un concetto molto occidentale e non è considerato tale in India. Sebbene le origini dell'ideologia dello spettro politico provengano dal parlamento greco, non bisogna dimenticare le sfumature del pensiero politico indiano. Le origini del pensiero politico indiano sono diverse da un lungo periodo di tempo. Tuttavia, il discorso dominante è stato incentrato sulla gerarchia politica basata sui varna, generalmente equiparata al sistema brahmanico che si è evoluto o piuttosto ha avuto origine ai tempi della *civiltà della Valle dell'Indo*.[9] Tuttavia, il libro che ho citato dice anche che non è possibile specificare con esattezza i tempi delle origini del sistema politico basato sui varna. Tuttavia, se si fa un salto ai tempi moderni, cioè all'epoca coloniale, e poi ai tempi attuali, anche qui c'è stata una serie di pensieri sul tipo di India che si voleva. L'idea dell'umanesimo radicale di sinistra, più orientato a sinistra rispetto al programma comunista, è stata avanzata da **M.N. Roy**, che si recava in luoghi come il Messico per collaborare con altri esponenti della sinistra. In termini di politica centrista, poi, le icone indiane sono un po' difficili da trovare. Non parliamo di personalità precise, ma i

---

[9] *https://www.britannica.com/topic/varna-Hinduism*

leader del Congresso come **Sardar Patel** e persino **Jawahar Lal Nehru** potrebbero essere inseriti in questa categoria, anche se il primo potrebbe essere più vicino al centro-destra e il secondo al centro-sinistra. Nel caso del **Mahatma Gandhi**, si può dire che fosse un centrista nel vero senso della parola: le sue idee avevano un'inclinazione a sinistra e talvolta anche a destra, ma non nel modo in cui lo si immagina oggi. Cioè, piuttosto che limitare l'identità all'orgoglio religioso, l'etica culturale viene in primo piano. Idee simili possono essere viste in termini di come Vivekananda ha enfatizzato l'idea di identità indiana. In termini di politica, l'ethos culturale è importante soprattutto nel contesto di un Paese multistrato come l'India. **Netaji Subhas Chandra Bose**, d'altra parte, è il perfetto manifesto di un centrista moderno che aveva elementi nel processo di pensiero di entrambi gli spettri. Dall'altra parte c'era l'origine della presunta identità indiana, che si trovava nell'altro spettro della politica di sinistra, dove la filosofia dell'egualitarismo della via indiana era stata sostituita dalle idee rivoluzionarie della rivoluzione russa. La via del pensiero politico indiano è oggi limitata a ciò che il *Rashtriya Swayam Sevak Sangha* dovrebbe diffondere nel pubblico dominio. **L'aspetto più interessante dell'India è capire cosa intendiamo con il concetto di India. È quella che è legata solo al passaporto, alla bandiera, all'inno nazionale e ai confini definiti dall'Occidente?** Questa parte è sicuramente un regalo dei padroni coloniali o piuttosto il modo in cui l'India si è formata nei tempi attuali. Tuttavia, che dire dell'idea del milieu culturale e degli imperi che hanno trasgredito i propri confini e che non sono stati vincolati dal sistema dei trattati di Westfalia per la creazione dello Stato nazionale. Il sistema indiano è stato come una carta assorbente con l'impronta lasciata dai suoi resti, alcuni dei quali sono buoni o cattivi come il test di Rorschach. Il disegno che è stato creato è ciò che rende l'India interessante, perché non c'è nulla di concreto o di certo. A parte i fatti, c'è solo una cosa che rende l'India di oggi un senso di condivisione del passato, di frenesia del presente e di sogno per il futuro. Tuttavia, in mezzo a tutto questo, c'è stato e c'è oggi lo spettro politico di destra di un'India revisionista sotto forma di **R.S.S. (Rashtriya Swayam Sevak Sangha)** che vuole che l'India sia redatta e creata sotto forma di identità, dove c'è una singolare verità uniforme sul Paese. L'India è davvero il Paese miracoloso in cui nessuna definizione fissa può definirlo, ma può essere visto o compreso dalla nozione di una razza che può essere suddivisa in molte razze e migliaia di sottocaste che hanno un rapporto complesso al loro interno. Tuttavia, l'attrattiva dell'identità ombrello dell'essere indù in una nazione stratificata è ciò che sta guidando l'India non da oggi ma da molti anni e che sta venendo alla ribalta solo nell'ultimo decennio. Le radici dell'India sono sempre state Sanatana, dove dopo l'avvento della civiltà umana moderna, da quando l'Homo Sapiens ha iniziato ad arrivare alla fine dell'esistenza dell'uomo di Neanderthal, il culto della natura è stato in primo piano. Il paganesimo, forma di culto prevalente nell'induismo odierno, non è considerato paganesimo, ma ha un legame reale e profondo con la natura che è stato concesso in forme che oggi sono diventate un simbolo di identità politica attraverso un mix di storia e folklore[10]. Ha anche legami con le caste, che sono state marginalizzate, ma che oggi sono diventate parte dell'identità nazionale sotto forma di revisione della storia. L'idea principale non è quella di dimenticare il passato, ma di conservare le idee dei tempi passati. Il problema dello spettro politico dell'India di oggi è che né la sinistra né la destra possono rivendicare la legittimità di ciò che chiamiamo India. Le scappatoie esistono e continueranno ad esistere, l'unica idea per un'identità politica indiana che sia all'altezza di tutti è quella di non essere agli estremi ma di essere moderati. Lo si può vedere dal modo in cui Buddha, Ashoka nel periodo postbellico, Akbar e Gandhi hanno mantenuto le loro posizioni. Tuttavia, è necessario chiedersi se sia sbagliato porre certe domande che hanno un punto focale specifico che può essere correlato alle prove. La nazione è stata il culmine di così tante esperienze e di così tanta storia stratificata che è difficile determinare l'India da uno spettro molto singolare. Tuttavia, torniamo alla questione dello sviluppo politico indiano, che ha subito i maggiori cambiamenti con l'avvento dell'impronta coloniale. Come sottolinea il libro *"Indiani: A Histories of Civilization"* sottolinea che la storia dell'India non è iniziata con l'avvento coloniale né è finita con esso. Oggi, quando si parla di storia politica indiana, il nome di Gandhi è generalmente in primo piano, con ***Ambedkar, Netaji, Sardar Patel, Tilak, Dadabhai Naoroji, Nehru, Indira Gandhi, Narsimha Rao,***

---

[10] *Tolleranza religiosa: L'Induismo è politeista? No, sostiene lo studioso di religioni Arvind Sharma (scroll.in)*

Manmohan Singh e ***Narendra Modi***. La questione del pensiero politico indiano può essere vista come un genitore che ha visto crescere i propri figli e nipoti. Gli elementi rimangono, ma la mutazione continua a verificarsi fino a quando i geni dominanti prendono il sopravvento. In uno scenario di realtà multiple, l'India è una nazione che ha avuto realtà multiple come molte altre nazioni basate su civiltà più antiche nel suo percorso. Tornando alla questione dell'antica leadership politica dell'India, dagli antichi testi vedici fino ai Purana più tardi o a riformatori come Guru Nanak, Buddha, *Krishna (quello storico) e persino il Ramayana e il Mahabharata,* ci sono elementi di conoscenza politica che sono stati solo scalfiti in superficie. La filosofia della conoscenza politica degli anni precedenti, attraverso Chanakya Kautilya, è stata contrassegnata come quella machiavellica, che viene utilizzata ancora oggi. Senza dimenticare che il pensiero politico indiano dei tempi antichi ha sostenuto l'uso della lotta, del valore e anche dello strappo quando necessario. Ci sono stati grandi conquistatori che hanno sviluppato un proprio sistema di governo, alcuni dei quali provenivano dall'esterno, altri dall'interno della regione. Si sono evoluti e hanno creato un sistema che non era perfetto e che, nonostante le lacune e gli elementi di anarchia, era un sistema politico che si rifaceva alla via indiana. L'India, nel vero senso della parola, non è mai stata completamente occupata, né oggi né ieri. Infatti, i colonizzatori europei, in particolare gli inglesi, sapevano come scomporre il quadro generale in componenti più piccole, dividendo il locale, il regionale e il nazionale. Come menzionato nel libro **Gli indiani**, il *Raj britannico* sapeva come usare il locale per contenere le forze regionali dall'opporsi a una causa più grande e causare problemi, unendo le altre forze regionali al livello nazionale. Dopo aver menzionato le forze dei pensieri filosofici e dei leader del passato, torniamo a Gandhi, che si suppone sia noto come il faro del moderno leader di massa nel contesto della politica dell'Asia meridionale prima della fine della colonizzazione. Altri leader indiani che sono stati citati possono essere attribuiti a legami con Gandhi, che possono essere o meno sulla stessa lunghezza d'onda essendo contemporanei, stavano combattendo le loro battaglie a modo loro per la lotta per la libertà nazionale.

Da Jinnah a Gandhi, passando per Tilak, Golwalkar e Savarkar, che si sono fatti carico dell'identità indù, Jan Sangh, RSS e Ram Rajya - seconda parte.

Tuttavia, a parte il suo volto sulla moneta indiana e il titolo non ufficiale di Padre della Nazione attribuitogli da Netaji, che purtroppo non era visto di buon occhio per le sue idee sul movimento di resistenza con le armi forti, e conosciuto anche come Mahatma, come lo chiamava Rabindra Nath Tagore, i suoi pensieri politici e le sue posizioni filosofiche erano chiaramente qualcosa che il Raj britannico voleva portare avanti per il suo dominio in mezzo alla sua confusione cognitiva. Gandhi è stato un simbolo dell'autogoverno indiano almeno dal 1915. Prima di ciò, le idee di **Lal-Bal-Pal**, che erano rispettivamente *Lala Lajpat Rai, Bal Gangadhar Tilak e Bipin Chandra Pal* o i leader estremisti indiani che si erano ispirati alla saggezza filosofica del passato, sono state spazzate via in seguito dal senso di un'altra forma di ideologia politica, quella del satyagraha e della non violenza, che in effetti ha risuonato con *Nelson "Madiba" Mandela* in Sudafrica, ma è qui che dobbiamo ricomporre la storia della civiltà politica indiana o quella del mondo. La guerra porta la pace, la pace porta la debolezza e la guerra dopo. L'esempio di *Ashoka* viene dato come faro di pace dopo la sua violenta lotta nel *Kalinga (l'odierno Odisha)*. È grazie all'idea di quelle persone che si sono ispirate alla saggezza del passato delle nostre conoscenze indigene, anche a rischio di tralasciare la letteratura dalit e tribale che ha avuto i propri eroi e il proprio folklore, che si sono cimentate in diversi tipi di approccio per darci l'idea dell'autogoverno, strappandolo. Grazie a scrittori come *Vikram Sampath* e *Sanjeev Sanyal*, negli ultimi tempi la storia alternativa, se così si può chiamare, sta venendo alla ribalta. Gli eroi che avevano le loro idee, che non si limitavano alla resistenza armata e alla violenza, ma alcuni di loro avevano modi per creare un nuovo sistema economico, vengono alla ribalta. *Netaji Bose* è un esempio di chi ha sempre saputo quali idee prendere dalla civiltà industriale europea. Altri come **C.R. Das, Bagha Jatin**, alcuni dei pochi della lunga e incredibile lista di rivoluzionari, sono rimasti sepolti dietro le pagine e la polvere del tempo della dimenticanza storica. Tornando all'origine dell'ideologia politica gandhiana, egli rappresentava un'idea che aveva elementi di economia, di risveglio sociale e di pensiero politico. Tuttavia, il fatto che abbia sostenuto più volte l'approccio politico della non-violenza che cosa ha ottenuto esattamente? Bene. L'eredità che deriva dall'ibrida politica coloniale di governare con le buone e con le cattive la politica feudale. Il Paese è stato manipolato nella sua forma dalla politica britannica e usare Gandhi come scudo per contenere la resistenza di massa indiana è stato un colpo da maestro. Il Congresso Nazionale Indiano, fin dall'avvento di **Annie Besant** e **Allan Octavian Hume**, era una valvola di sicurezza che i colonizzatori britannici erano più che felici di assecondare. L'idea dell'indipendenza indiana viene spesso rimproverata di essere negoziata e non presa, il che ha del vero senza mancare di rispetto alla lotta appassionata di tanti combattenti per la libertà. Tuttavia, i negoziati che si svolsero alla fine non andarono secondo i piani e la nazione ebbe una sanguinosa spartizione. Il ruolo di Gandhi come paciere per le due comunità che si trovano nel mezzo delle linee tracciate da un geometra bianco, *Radcliffe*. A porre fine alla sua vita fu un uomo di nome **Nathuram Godse**, che ci porta a un altro spettro politico. Parlando di spettro, in un Paese troppo eterogeneo è impossibile trovare un'identità comune in termini di razza, per cui il concetto di alterità non può che presentarsi sotto forma di religione. Gli originali contro gli invasori, e la storia la conosciamo tutti. L'India come nazione ha sempre oscillato di volta in volta in termini di dominio politico nella politica regionale in molti luoghi. Tuttavia, ci sono stati alcuni stati e anche al centro dove l'intera dinamica della politica è stata tra due partiti, per lo più come negli Stati Uniti e nel Regno Unito, che non possono essere definiti come differenza tra destra o sinistra, ma piuttosto moderati *(leggi Congresso Nazionale Indiano, dal momento che il loro approccio è simile a quello del Raj britannico)* e l'assertivo B.J . P (Bharatiya Janata Party) che può essere ricondotto al Jan Sangh creato da Shyama Prasad Mukherjee. P **(Bharatiya Janata Party)** che può essere ricondotto al *Jan Sangh* creato da **Shyama Prasad Mukherjee** ha sempre creduto che l'India avesse la debolezza intrinseca di non essere unificata sotto l'unico orgoglio di un'identità unitaria che le nazioni europee avevano trovato molto tempo fa e che fosse giunto il momento di trovarla sotto forma di induismo non come identità religiosa ma come stile di vita. Le idee di Savarkar e Golwalkar si sono sempre ispirate all'Italia e alla Germania e alla loro storia di unificazione che ha definito la via di un nazionalismo assertivo che potesse risuonare con la maggioranza piuttosto che soddisfare la moltitudine di diversità culturali. L'idea dell'India è sempre stata contestata da uno spettro che andava da sinistra a destra. Da una parte c'era l'ala sinistra liberale e dall'altra alcuni probabilmente mascherati da qualcosa che non sono. Questo capitolo mi porta alla domanda: "*Cosa, perché, dove e come si definisce l'India. La prima domanda è: "Che cosa intendete con l'idea di India per le persone che hanno avuto l'idea di India o meglio di Bharat Varsha che è esistita negli ultimi 5000 anni*"? L'idea che l'**India** o **Bharat** o **Aaryavarta** o **Jambudwipa** [11] esistesse un'entità che stava insieme a modo suo da circa 5 millenni. Non aveva bisogno di conformarsi all'idea della via britannica o di considerare che l'India di oggi è come si è formata grazie ad alcune marcature a casaccio che hanno lasciato dietro di sé la scia della spartizione. L'idea è sempre stata quella di definire e comprendere l'India in un modo che non segue le definizioni e le tradizioni occidentali. È qui che entra in gioco il ruolo dell'orgoglio indù o "***sanatani***". Ora non divaghiamo sulle differenze tra indù e santani, ma piuttosto sull'India nei confronti di Bharat e delle persone che sono state nominate nel titolo del capitolo. L'idea dell'India, fin dai tempi di Tilak, fermentava l'idea di un'India non frammentata ma unita nell'idea dell'induismo. Il ruolo della casta e dell'altra divisione non era in discussione. Da allora, molta acqua è passata attraverso il Gange e il ruolo dell'induismo in termini di idea e di presentazione dell'India. L'idea di considerare l'India come un costrutto della forma occidentale di territorializzazione e poi di farne una nazione non era mai stata vista da leader come **Tilak** e successivamente da **Savarkar** e **Golwalkar** fino alla formazione dell'**RSS (Rashtriya Swayam Sevak Sangha)** insieme alla sua unità politica affiliata *Jan Sangha* che oggi è il **Bharatiya Janata Party**. La lotta per l'anima dell'India c'è stata prima e anche

---

[11] *Aryavarta: Aryavarta - Tianzhu, Jambudweep: scopri altri cinque nomi dell'India | The Economic Times (indiatimes.com)*

dopo l'indipendenza. Sono cambiati solo il modello e lo stile di presentazione. A ben guardare, l'idea dell'orgoglio indù, sotto forma di immaginazione di un'India con basi storiche, è nata nel Maharashtra, che per un lungo periodo di tempo ha avuto una tradizione orgogliosa di definizione della resilienza. Molto prima che gli inglesi potessero sottometterci, l'orgoglio *Maratha* è stato una storia di lunga lotta contro gli invasori, sia prima che dopo l'indipendenza, come già detto. Questo atteggiamento di resistenza, sostenuto da un forte senso di identificazione di sé, molto importante per qualsiasi movimento, autostima e orgoglio, si è presentato sotto forma del fattore unificante dell'Induismo come termine arcaico. Oggi l'intera idea del Ram Mandir e del Ram Rajya può essere polarizzante, ma la sinistra vuole essere a favore della presunta convivenza organica tra indù e musulmani, normalizzata nel corso dei secoli nonostante la storia sanguinosa. Tuttavia, la linea della politica indiana, con la sua confusione e il suo caos in termini di identità, si trova da qualche parte nel mezzo. Il concetto di politica indiana da un ampio periodo storico fino ad oggi sembra essere dirottato su alcuni concetti generali di feudalesimo, sistema coloniale ecc. Di tanto in tanto vengono fatti anche alcuni nomi come **Ashoka, Buddha, Chanakya** e naturalmente **Gandhi** in epoca coloniale fino a **Narendra Modi** nel presente. Senza dimenticare che nei dibattiti politici vengono citati anche altri leader politici come **Periyar, Sardar Patel, Netaji Bose, Nehru** e persino **Jinnah**. Tuttavia, l'idea della politica indiana e del suo sviluppo è un caleidoscopio con alcuni colori che dominano maggiormente. I colori, se si guardasse, si troverebbero più nel modo in cui i signori feudali ora si mascherano sotto forma di politica dinastica. Tuttavia, le origini di questo tipo di politica potrebbero essere attribuite a un lungo periodo storico durante la colonizzazione e dopo la colonizzazione. Qui le istanze della storia non vengono riprese nemmeno dagli imperi più antichi. La questione di chi definisce la politica indiana è stata sollevata, ma che dire della prossima fase della politica indiana, se ci sarà un cambiamento. Rimane sempre la domanda su come funziona la politica indiana, la cui risposta è stata data da molti libri. La classe media superiore e quella ad alto reddito netto sono la crema della società, quella inferiore è la banca dei voti con l'economia "*freebie*", ma che dire della classe media intrappolata nella tempesta dei meme mentre porta avanti la propria vita. Questo è il modo in cui la politica indiana ha funzionato, a parte la politica dinastica basata su banche di voti che utilizzano equazioni di potere e di casta. L'India sta attraversando delle trasformazioni, ma il cambiamento più grande è quello di superare l'equazione delle caste e le suddivisioni in cui si forma un'identità comune. È per questo che questa sezione è stata chiamata a guidare quella discussione costruita sul concetto di ritorno al punto di partenza dai tempi di Tilak. L'idea di un'India in cui la forza di un'identità unitaria gioca un ruolo, nonostante i suoi difetti e il suo approccio riduzionista. Immaginando un'India in cui qualsiasi identità musulmana è considerata estranea, il che può essere esteso anche ad altre fedi, anche se hanno radici simili all'induismo. Gandhi, che fu il ponte tra indù e musulmani con il suo approccio politico, come l'allineamento *del movimento Khilafat*, aveva il difetto di appeasement. **Netaji**, che aveva altri modi di pensare la politica, ha creato lo strumento della multiculturalità e della laicità in senso proprio, anche se in modo indiano, quando e dove ha creato l'Esercito Nazionale Indiano. I tre generali militari provenienti da fedi diverse e che includono donne non vincolate dall'identità religiosa è ciò che Netaji ha realizzato. Una lotta che può essere intrapresa contro un avversario della stessa pasta sia in termini militari sia unendo le varie identità religiose per intraprendere una resistenza armata contro gli oppressori. L'uso della soluzione magica al momento giusto della seconda guerra mondiale, quando i britannici erano sottoposti a pressioni economiche, li portò ad andarsene frettolosamente. Quello che accadde in seguito lo conosciamo tutti: un eroe nazionale che rimase nell'oblio, mentre Nehru ottenne il posto di primo ministro e, deluso dall'approccio gandhiano per placare la *Lega Musulmana* e dalla creazione del Pakistan, sostenitore della non violenza, morì egli stesso per un atto di violenza compiuto da **Nathuram Godse**. Un uomo comunque controverso, ma convinto che andare d'accordo con tutti gli sia costato la famiglia, promossa dalla pace gandhiana. Gandhi non è riuscito a fermare la spartizione dell'India, ma può essere incolpato solo lui? Nehru, Jinnah e ancor prima che il piano della missione Cripps del 1942 avesse siglato l'accordo per la spartizione, girò intorno a Jinnah, un musulmano anglofilo, per siglare l'accordo per il subcontinente.

Le economie della politica indiana a livello locale, regionale e nazionale: Politico Economus

La politica indiana è sempre stata oggetto di stupore, se non di preoccupazione, per il modo in cui la nazione che ha avuto elementi di un sistema politico ben sviluppato in tempi precedenti, ma poi distrutto dal degrado feudale e coloniale, sopravvive come la più grande democrazia del mondo. L'enorme numero di persone, la diversità e il sistema lasciato in eredità con le linee di frattura religiose e i problemi di casta non sono ancora riusciti a spezzare l'India, anche se è risaputo che la politica e la democrazia indiane sono imperfette. Tornando al titolo dell'argomento, bisogna capire che, come in molte nazioni in via di sviluppo o post-coloniali, l'idea di politica è stata impantanata nella corruzione e nel potere dei muscoli (manodopera/effetto mafia, scagnozzi politici), del denaro e dell'identità. La politica basata sullo sviluppo ha mancato di molto il bersaglio, poiché l'India è stata ed è tuttora un'economia rurale o agricola. Come in molte nazioni, la classe media urbana è ancora la parte della popolazione che viene lasciata indietro in molte delle politiche in cui l'idea del dibattito politico e della deliberazione manca questa parte. Anche se ora si parla della crescente classe media indiana, ironia della sorte è proprio la classe media a non essere oggetto di iniziative politiche specifiche, in gran parte già dai tempi passati. Il Congresso ha avuto un'inclinazione verso la fascia bassa senza grandi sforzi politici verso la fascia media della classe media. Non si tratta di fattori nuovi che non siano stati discussi in precedenza, tuttavia l'idea è quella di evidenziare e capire come funziona la democrazia in una nazione diversificata con alcuni elementi comuni di una popolazione gargantuesca di 1,5 miliardi di persone. La politica indiana non ha certo il sistema statunitense di lobbying aperto, ma almeno seguendo la logica degli accordi sottobanco è già noto chi controlla la politica centrale, regionale e locale. Il ruolo degli industriali, delle potenze capitalistiche non sarà mai sottolineato abbastanza. Tuttavia, la nozione di voci emarginate è rimasta purtroppo marginale, poiché la politica a livello locale, anziché essere la voce della gente, si è adattata a una forma ibrida di politica postcoloniale. Il sistema dei panchayat, che è la forma più vicina alla democrazia diretta in India, si è evoluto in una forma di democrazia occidentale indianizzata che è unica in India per molti aspetti. L'utilizzo del sistema coloniale dei famigerati burocrati indiani che superano uno degli "esami più difficilidel mondo" *costituisce uno dei pilastri fondamentali dell'amministrazione indiana, che può essere oggetto di numerose critiche per il sistema stesso e il livello di corruzione.* Tuttavia, non si può negare che l'idea sia quella di riconsiderare il ruolo dell'economia nella politica, che gioca un ruolo fondamentale in qualsiasi sistema nazionale. La *politica della povertà* è stata una parola d'ordine nelle dinamiche politiche indiane fin dall'indipendenza, con la dubbia distinzione di essere una nazione che ha ancora molti poveri. Resta ora da vedere se nei tempi attuali si è andati oltre questa politica della povertà. La risposta è sì e no. La politica di base che circonda la povertà è rimasta, l'unica cosa che è cambiata è il modo in cui la povertà viene affrontata. L'India è probabilmente quella nazione in cui la ricchezza e la prosperità hanno collaborato con l'estrema povertà per un lungo periodo di tempo. L'idea di una brutta povertà accompagnata da un'estrema ricchezza fa parte dell'atteggiamento apatico della società, dove il concetto di karma e di sofferenza è ancora largamente seguito come conforto. È vero che il dibattito politico sulla povertà è stato molto intenso e che la povertà è stata ridotta anche in termini di povertà multidimensionale. Inoltre, si può sostenere che la povertà in termini assoluti non può essere eliminata da nessuna società, poiché lo squilibrio delle risorse è qualcosa che deve essere accettato. Tuttavia, l'idea di una politica di economia della povertà è ancora presente in India dai tempi di *Garibi Hatao* (rimuovere la povertà), non è vero? È un aspetto che non si può dire lontano dalla politica indiana. La narrazione è cambiata con l'introduzione di un nuovo modo di guardare alla povertà, in cui si incoraggia il ruolo dell'autostima e della mentalità imprenditoriale per superare le sfide e i problemi della povertà come stato d'animo. Un tema ricorrente che si ripropone in ogni discorso di un leader politico, sia esso di destra o di sinistra. Per quanto riguarda l'uso del bilancio come strumento, ogni anno vengono adottate molte politiche mirate a sostenere questi dati demografici. Tuttavia, in tutte queste sessioni sulla politica della povertà, a parte la retorica e la definizione delle politiche, la vera idea è stata quella di creare un'identità politica. La povertà è ancora al centro di molti dibattiti politici, ma il cambiamento di paradigma è che ora è passata in secondo piano rispetto alla religione, all'identità di casta, al regionalismo, mentre la povertà, la disoccupazione e il fatto che gran parte della popolazione giovanile e il talento siano ancora sprecati sono ai margini. La politica indiana si è evoluta diventando più fredda, guidata dai social media e con l'arrivo di un nuovo elemento di branding. Tuttavia, dietro a tutto questo, il culto della personalità è stato reinventato in modo nuovo nella politica indiana. L'India è un pezzo di puzzle diversificato che ha i suoi pezzi che si muovono a modo suo. La struttura federale della nostra nazione è davvero unica, dove la faziosità regionale è ancora incollata al concetto di indianità dal collante costituzionale. Quando ci imbattiamo nei telegiornali e nel nostro quadro giuridico sempre più esteso, ci sono momenti di frustrazione, proprio come la nostra politica indiana, che è piena di notizie sulla corruzione, e ci sfuggono i punti più luminosi e i politici coraggiosi e onesti. A volte ci si interroga sulle dubbie affermazioni fatte dagli onorevoli giudici delle alte corti, come il contatto pelle a pelle può essere considerato solo per lo stupro o il sesso coniugale innaturale va bene e il consenso della moglie è irrilevante da parte dell'alta corte di M.P. Ma proprio come alcune macchie sulla superficie della luna non tolgono la sua luminescenza, lo stesso vale per il nostro sistema giudiziario che mantiene il Paese in carreggiata e fa sì che la nostra vacillante democrazia sia protetta dal cadere nel caos e nell'anarchia più totale, come è successo a tante nazioni in Asia e in Africa. La nostra attuale qualità di democrazia può essere messa in discussione e dovrebbe esserlo perché è un segno di democrazia sana. In definitiva, l'idea di politica indiana sviluppata dal guscio del sistema coloniale aveva spazzato via molto del vecchio sistema politico precoloniale. La domanda è se con il tempo, la nostra politica e il nostro sistema politico non debbano usare la massa per la politica e le dinamiche di potere in cui ci troviamo oggi e se sia giunto il momento di andare avanti al di là dei video falsificati e della politica della post verità che sta rendendo nervosa l'intera nazione.

Sentite India o Bharat?

Jana o **Jati**, il concetto di popolo come nazione o la casta che divideva le persone in questa vasta distesa di terra, compreso il subcontinente indiano precoloniale[12]. È ben documentato che Jinnah non pensava che il nome India sarebbe stato adottato, ma lo fu da Nehru. D'altra parte, l'adozione del nome è stata oggetto di numerosi dibattiti durante le discussioni dell'Assemblea costituente. Lì la discussione non si è concentrata sul nome, ma sulla lotta tra la nuova classe di*"sahibs"* *marroni post-coloniali* e la classe politica indigena che detiene l'orgoglio. Il mondo della politica in India, se guardato a livello macro, rimane lo stesso. Si è molto discusso e si discute se fosse davvero necessario cambiare la dinamica del nome per mantenere il nome India o se fosse meglio un altro nome come Bharat. Tuttavia, ironia della sorte, il dibattito sul nome India e Bharat continua ancora oggi in termini di posizioni politiche. Come accennato in precedenza, l'idea è quella di giocare in termini di politica identitaria che si è spostata al di là della casta e della religione da un lato, mentre dall'altro c'era l'idea del cosiddetto secolarismo. Ora, che si tratti di laicismo o, come sarcasticamente si dice, di "*sickularismo*", cioè di una politica indiana mascherata di inclusività, ma che ha anche toccato le linee sottili del casteismo, è una versione più ampia dell'ibrida politica feudale-post coloniale che l'India ha portato avanti. La divisione dell'economia e della situazione sociale verrà affrontata più avanti. Tuttavia, bisogna capire che il nome India, sebbene sia stato adottato per una visione globale, anche se molti dicono che sia stato adattato dal nome della valle dell'Indo, ha connotazioni politiche diverse. Sicuramente ha anche uno scenario geopolitico diverso, come il nome **Indo-Pacifico** con la parola India e, allo stesso modo, per l'Oceano Indiano il nome porta con sé il senso di legittimità dell'attuale nazione indiana ricavata dall'esperienza coloniale. Bharat e le persone che sono affascinate dall'idea di riportare il nome hanno idee della nostra narrazione della nazione basata sulla civiltà. La nazione che esisteva come diverse *Jati*

---

[12]*ttps://global.oup.com/academic/product/history-of-precolonial-india 9780199491353?lang=en&cc=au*

(etnie), ma era unita nella coscienza come *Jana (popolo)* o popolo della vasta terraferma. *Le divisioni c'erano, ma si sono complicate con il periodo delle invasioni, anche se sarebbe sciocco metterle tra parentesi larghe: i musulmani e poi gli europei, soprattutto gli inglesi e, in alcune parti, anche i portoghesi. Senza contare che anche i francesi erano interessati, ma il loro impatto e la loro importanza possono essere considerati trascurabili, proprio come gli olandesi, i danesi o gli spagnoli in una certa misura.* L'idea di Bharat in termini di politica oggi in India è quella di recuperare l'antica gloria del passato, di non dare importanza ai sistemi di pensiero occidentali ma di affidarsi alla propria idea di ciò che possiamo ottenere attraverso la nostra conoscenza indigena e non sono necessarie narrazioni occidentali per questo[13]. L'identità religiosa e la casta hanno un ruolo specifico in questa politica che può essere giustificato, e non è qualcosa da cui fuggire o vergognarsi, ma piuttosto da abbracciare. Ora arriva il contesto economico che ci mostrerebbe qualcosa di più. Un processo politico che si intreccia con lo status economico di ogni individuo del Paese. Lo stato di diritto o la legge dei governanti è la domanda e la risposta che si può sentire è già ben nota quando si tratta di un Paese come l'India. Lo status della politica è stato feudale e lo è ancora oggi. Scegliete qualsiasi Stato e troverete esempi in cui la gerarchia funziona. Anche se si considerano le dinamiche gerarchiche in un modo diverso dalla tipica struttura brahmanica, cioè dove gli emarginati hanno ottenuto il potere in un contesto politico dell'India di oggi, si può applicare la stessa logica. Senza dimenticare che la politica indiana si basa sulla religione e sulla casta. La democrazia e la gente in generale in India, beh, forse siamo la classe bovina in cui le opinioni individuali sono più facilmente dominate dall'isteria di massa dei pensieri politici. Tuttavia, l'India è riuscita a ritagliarsi una propria democrazia politica nazionale. La difficoltà di creare una struttura in India è dovuta alla sua storia e alla sua cultura, ma è diventata la più grande democrazia del mondo. Tuttavia, le differenze colloquiali tra Gandhi e Netaji erano evidenti, ma il loro sforzo comune per liberare l'India divenne una base di unità nella diversità. Il cammino dell'India come Stato democratico è stato caratterizzato dall'attraversamento di vari ostacoli, come le dimensioni, l'eterogeneità linguistica e religiosa e le differenze socio-

---

[13] *Sessione tematica | Governo dell'India, Ministero dell'Istruzione*

economiche. Il Paese ha anche avuto regolari elezioni di successo, in cui il potere è passato pacificamente da un partito all'altro, evidenziando così la forza e la capacità del suo sistema politico. Tuttavia, anche con questi difetti, la democrazia indiana non è del tutto perfetta. Per esempio, ci sono stati momenti in cui la nazione ha incontrato instabilità politica, conflitti interreligiosi o conflitti regionali. Altrettanto importante è che con l'ascesa del nazionalismo indù e l'erosione della laicità, le preoccupazioni si sono concentrate soprattutto sulla tutela dei diritti delle minoranze e sulla conservazione del pluralismo in India. Tuttavia, nonostante le numerose sfide affrontate dal Paese, l'India ha stabilito una nuova identità politica nazionale che attinge al suo ricco patrimonio culturale e abbraccia principi come la democrazia, il secolarismo e la giustizia sociale. È stato promulgato nel 1950 e prevede il governo di una società multiforme in modo efficace attraverso la promozione e la difesa dei valori in esso sanciti. Inoltre, i cittadini indiani hanno svolto un ruolo importante nella formazione della sua democrazia, lottando instancabilmente per i propri diritti. Questo Paese non sarebbe stato in grado di svilupparsi in quello che è oggi senza organi giudiziari attivi che si trovano qui, insieme a società civili vivaci che assicurano che il governo sia responsabile nei confronti della gente, proprio come fanno i media indipendenti che pubblicano notizie quando vogliono.

L'India sta commemorando i 75 anni dalla conquista dell'autogoverno; questo breve periodo indica senza ombra di dubbio che l'esperimento con questa forma di governo è stato un successo. Nonostante le Sfide, l'esistenza di una società pluralistica, all'interno della quale l'India mantiene la sua natura diversa e, allo stesso tempo, riesce a mantenere un regime democratico stabile, dimostrando la resilienza e l'adattabilità del suo popolo e delle sue istituzioni. In futuro, l'India deve continuare a lavorare sui suoi principi democratici, salvaguardando i diritti umani della popolazione e promuovendo l'equità economica.

Potrebbe mostrare ad altri Stati che desiderano costruire democrazie sostenibili e onnicomprensive con contesti culturali complicati come si può fare. Mentre l'India progetta il domani, deve continuare ad assicurarsi che la democrazia sia stabilita nella nazione per i suoi cittadini. Se rafforzerà questi pilastri, l'India potrebbe essere un utile modello per altri Paesi che stanno cercando di creare istituzioni democratiche in grado di accogliere culture diverse.

L'India, la più grande democrazia del mondo, è stata ricca di trionfi e sfide nella sua storia. Il Paese ha avuto elezioni regolari, trasferimenti di potere pacifici e una vivace società civile. Tuttavia, permangono le preoccupazioni per la tutela dei diritti delle minoranze, l'indebolimento della laicità e l'aumento dell'uguaglianza economica.

Per far sì che ciò diventi realtà, l'India deve dare priorità alla promozione e alla salvaguardia dei diritti umani per tutti, indipendentemente dalla razza, dalla religione o dallo status sociale. Ciò include anche la parità di accesso alla giustizia, la libertà di parola e di espressione e il diritto al dissenso. Se questo venisse mantenuto, contribuirebbe a rafforzare la resistenza delle strutture democratiche e a promuovere la tolleranza e il rispetto reciproco in tutta l'India.

Parte 2: Creazione di narrazioni e definizione di parametri di riferimento per la società.

Cambiare il modo in cui la storia viene raccontata; non importa per chi o per chi?

La società che si è evoluta con la civiltà umana ha sempre avuto come obiettivo la creazione di narrazioni. L'idea della parola propaganda, così come è stata conosciuta in molti modi, esiste da molto tempo, fin dai tempi dei romani. L'idea di impostare una narrazione è stata anche in prima linea nel creare la politica dell'identità in India. Il libro intitolato "L'India senza Gandhi" spiega come sia esistita l'idea di una politica narrativa. L'idea stessa del partito del Congresso in India si basava sulla creazione di una narrativa in cui, con l'aiuto di un irlandese, si dava agli indiani la possibilità di stabilire un'agenda per parlare a nome loro, il che significa anche il concetto di creare una narrativa dall'allora Raj britannico. L'idea di mostrare quanto sia stato benevolo il loro governo e come abbiano dato voce ai nativi o a noi. Tuttavia, anche prima del congresso, l'idea dell'ambientazione narrativa era già presente nei regni indiani precedenti, nell'epoca coloniale e anche dopo l'indipendenza. Anche Kautilya, spesso citato come stratega, ha menzionato il concetto di impostazione narrativa. L'idea dell'ambientazione narrativa ha preso piede fin dal periodo della colonizzazione, poiché l'idea di occupare il posto di qualcun altro si basa sempre sulla narrazione. La manipolazione della narrazione è sempre fondamentale per il concetto di supremazia e questa idea continua anche oggi. Tuttavia, bisogna ricordare che l'impostazione di una narrazione è sempre importante nella creazione dell'ordine sociale. Non è importante per chi è la narrazione, ma se sono rappresentati o meno. Ebbene, questo va notato, poiché le persone che vengono rappresentate stanno impostando la narrazione è importante da notare. Se non è così, allora di cosa si tratta. I problemi della politica indiana, come quelli di molte altre nazioni, sono stati quelli di definire la narrazione e di stabilire per chi è stata fatta. Gandhi considerava l'icona degli harijans o degli intoccabili durante il raj britannico, combattendo per i loro diritti e cercando di rompere la barriera del divide et impera dei colonizzatori per dare loro un seggio separato per la rappresentanza. Tuttavia, il ruolo maggiore in termini di ambientazione narrativa e di lotta, la domanda rimane sempre quella di dove fossero gli emarginati. Le persone per le quali la lotta era in corso e che avevano bisogno di far sentire la loro voce. Una storia simile si riscontra anche nello scenario odierno dell'India. Si sta costruendo un nuovo mondo in cui l'idea di politica è ormai più online che offline, almeno nella creazione della narrazione. L'India non fa eccezione a questa tendenza e forse il cambiamento è avvenuto a partire dal 2014. L'idea di creare una storia è sempre ed è stata importante con la coerenza di essere la stessa anche in futuro probabilmente. Tuttavia, la parte importante della storia è ciò che viene raccontato e chi controlla la storia, anche se le persone che ne fanno parte non ne fanno parte. Nel 2014, l'idea di una nuova rinascita in termini di story telling era meglio posizionata, cosa che non ha funzionato per il Bhartiya Janata Party durante la campagna del 2004. È stata l'anti-incumbency o il modo in cui è stata raccontata la storia di un'India splendente sotto *Lal Krishna Advani* a non far presagire nulla di buono, ma la proposta di *"acche din" (buoni giorni)* si è venduta molto meglio sotto il carismatico **Narendra Modi**, l'attuale primo ministro indiano che completerà la sua tripletta proprio mentre questo capitolo viene scritto e che ha avuto la sua presenza iconica come capo ministro del Gujarat. La parola icona è stata citata qui perché sotto il suo incantesimo, se non tutto, almeno una parte significativa del Gujarat si è trasformata in un balzo industriale e in una spinta alle infrastrutture e agli investimenti, soprattutto da quando il sistema politico si è rotto, con molti ministri capo zoppi che si sono avvicendati uno dopo l'altro. Tornando alla questione dell'ambientazione narrativa e della narrazione, l'uomo noto come **Mahatma Gandhi**, come già detto, padroneggiava l'arte di raccontare storie, la storia a cui la gente poteva riferirsi in India, almeno su scala di massa. Il modo in cui i mezzi coloniali si impadronivano della comunicazione e rendevano il messaggio adatto a loro, ma che per la prima volta veniva raccontato agli indiani, era stato ripreso da Gandhi su scala di massa, cosa che nessun altro leader prima di lui era riuscito a fare. Il suo stile politico personale può essere, è stato e probabilmente dovrebbe essere criticato a discrezione di ciascuno, senza sminuire il suo contributo. Tuttavia, la questione non è da mettere a fuoco, la questione è l'impatto della narrazione.

Impatto sulla società attraverso la comunicazione nei tempi che cambiano

Essendo l'India un Paese federale, è sempre una sfida creare una comunicazione che attraversi le regioni e i confini. Il nome di Gandhi, così come lo conosciamo oggi, è dovuto al modo in cui riuscì a comunicare le sue idee in tutto il Paese. Ha avuto la sua parte di critiche, ma il suo messaggio si è diffuso in termini di campagne di massa, scioperi della fame. L'idea è stata la stessa anche con il nostro attuale Primo Ministro, che conosce la maggior parte del popolo indiano e ciò che ci dà il senso di identità e ci fa sentire uniti come indiani. L'idea di comunicazione dei tempi precedenti a Gandhi, durante la pre-colonizzazione, era disarticolata, tranne che in alcuni momenti di regni potenti o imperatori. La tecnologia di comunicazione era inesistente, ma la comunicazione è sempre esistita. L'India è sempre stata gestita meglio da persone che hanno accettato la diversità, ma la questione di un'identità unificante è sempre stata il fattore che ha fatto da traino a tutti i piani di comunicazione che chiunque in India ha avuto[14]. Prima della colonizzazione, se si guarda ai maestri pianificatori *Chanakya Kautirya e il suo protetto Chandragupta Maurya* avevano idee su come amministrare piuttosto che comunicare come possiamo pensare e conoscere oggi. L'impero Gupta si espanse e forse il modo in cui comunicò fu quello di creare un senso di identità, ovvero di creare il sistema delle caste basato sulle abilità e sulle competenze professionali piuttosto che sulla forma corrotta di essere statici. Nel sud, il **regno Chola** aveva diffuso i propri valori culturali molto prima dell'imperializzazione. Il modo in cui crearono templi, punti di riferimento che erano stati realizzati nel nord dal *nipote di Chandragupta, Ashoka,* sotto forma di pilastri, aveva le stesse idee per far conoscere la

---

[14] https://medium.com/@theunitedindian9/examples-of-unity-in-diversity-in-india-0edcd020a0d9#:~:text=India%2C%20con%20la%20sua%20ricca%20varietà, fianco a fianco%20in%20pace.

loro presenza. L'unica strada percorribile nell'esecuzione del piano di comunicazione del regno era quella dell'approccio. Tuttavia, far conoscere la presenza e creare l'accettazione dell'identità è ciò che la rende uniforme. Quindi, l'idea di identità e di comunicazione su ciò che costruisce l'identità assume un aspetto molto diverso che non può essere dimenticato o guardato in modo trascurabile. Pertanto, questa è la strada da seguire per il capitolo di questo libro. La comunicazione è stata e sarà una componente fondamentale dell'impatto nella società. I colonizzatori, siano essi britannici o portoghesi e, in una certa misura, anche francesi, nell'India coloniale hanno voluto e controllato la comunicazione. L'idea della costruzione della società da parte dei colonizzatori era dovuta al fatto che potevano controllare la polizia, l'esercito, le comunicazioni. Istruzione. Anche se c'erano alcuni istituti educativi indipendenti che si concentravano sulla tradizione o sulla combinazione di tradizione e occidente. Tuttavia, la comunicazione per convalidare, giustificare e imporre il loro dominio è stata chiaramente diretta dal modo in cui hanno creato la comunicazione e dal modo in cui è stata controllata per manipolare i milioni di nativi. L'idea dell'India per gli indiani è nata quando l'inizio della comunicazione moderna ha permesso di raggiungere il Mahatma Gandhi o il discorso di Netaji dall'Europa e dal Giappone per instillare la lotta. Questo si può vedere negli annali della storia di tutto il mondo. Anche per quanto riguarda il modo in cui l'identità indiana doveva essere presentata rispetto a ciò che volevamo presentare, l'essenza della lotta per la libertà era simile a quella di altre nazioni coloniali, in una misura immaginabile. Oggi si parla del concetto di politica religiosa in termini di essenza comunicativa della politica indiana, ma questo non è altro che la ripetizione del ciclo dello scenario politico indiano che si è affidato alla religione negli ultimi cento anni durante l'epoca coloniale e nei millenni precedenti[15]. Per capire e comprendere il contorto contesto sociale dell'India, è più facile scomporlo in frammenti di passato e di presente. Per come è stato e per come sta accadendo ora, ci sono modi costanti di guardare al passato e al presente in termini di importanza della comunicazione, che non può mai essere sopravvalutata. Nella nostra nazione, la stessa comunicazione ha

---

[15] *https://www.britannica.com/place/India/Government-and-politics*

cercato di essere controllata da molti anche dopo l'indipendenza, come si è visto durante i periodi di emergenza. Il controllo della narrazione mediatica, soprattutto con l'avvento dei social media dopo l'avvento della leadership di Modi, è innegabile, poiché si è aperta una nuova era. Tuttavia, quale sarebbe l'implicazione a lungo termine è qualcosa che si può trovare solo negli annali della storia che hanno provato. Il sistema di democrazia che funziona in India e le ideologie politiche dei partiti sono molto legate al sistema coloniale, dove ci sono ancora pochi giovani leader, tecnocrati o attivisti sociali che contano nella politica nazionale. Il dominio dei media ha raggiunto nuovi livelli per la propaganda che si sta verificando da circa un decennio e se non prendiamo posizione ora la differenza tra India e Bharat sarà più netta e non potrà essere sanata superficialmente.

Tra Hitler e Stalin: oltre Trump e Putin per una nuova India

La nuova narrazione dell'India ha imboccato una nuova tangente in cui le notizie emarginate possono essere più difficilmente accessibili. Il mondo dei regimi dittatoriali o dell'autocrazia ha dimostrato nella storia che le persone in massa possono essere dominate da un manipolo o da una "mano" *(non è un gioco di parole per il Congresso Nazionale Indiano)*. In effetti, si poteva vedere la famosa mano alzata del saluto fascista, ma in che modo tutto ciò è rilevante per l'India. Questo perché l'idea dell'India è quella di una democrazia di natura feudale ancora per una grande popolazione non urbana, che uno scrittore urbano come me non può in gran parte comprendere. Ma come funziona l'India? Come suggerito dal titolo di questo sottocapitolo, alcuni nomi. In effetti, *una volta l'India ha affrontato il periodo di emergenza con l'abolizione della democrazia utilizzando le disposizioni di emergenza della Costituzione, prese in prestito dalla Costituzione tedesca e utilizzate dal regime fascista di Hitler*. L'India, pur essendo stata una democrazia fragile all'inizio e ancora oggi balbettante, ha solidificato la democrazia, almeno sulla carta, ma restano ancora degli interrogativi. Tuttavia, a parte il regime della defunta **Indira Gandhi** e l'attuale mandato elettorale sostenuto dalla maggioranza e ridotto in parte dal mandato popolare nel 2024, la democrazia indiana, pur essendo difettosa, funziona ancora. L'India non è caduta completamente sotto il comunismo di sinistra o la politica di estrema destra in nessuna fase, anche se Stati come il Bengala, il Kerala e Tripura hanno avuto una lunga eredità di governi basati sul comunismo e in Stati come il Bengala ci sono state controversie riguardo al loro approccio alla socio-economia, ma la democrazia indiana è comunque sopravvissuta. La domanda è: è vibrante e soprattutto onnicomprensiva. Nonostante la presenza di un corridoio del terrore rosso in alcune regioni dell'India, che è stato in parte ridotto e in parte ridotto dal fatto che Bastar è la regione del nucleo del comunismo. La violenza e la loro lotta sono simili a quelle della ***F.A.R.C. in Colombia***, a parte il comunismo sponsorizzato dallo Stato in alcuni Stati dell'India, in particolare nel Bengala occidentale, dove si potrebbe dire che c'è una sfumatura di stalinismo in termini di linee di partito del comunismo da seguire o altro. Tuttavia, il soffocamento della democrazia o il mancato intervento del popolo degli emarginati ci porterebbe a chiederci chi sono questi emarginati. Per quanto riguarda la nazione indiana, il nostro *grado H.D.I. si è sempre aggirato intorno alla fascia 130-140, dove le statistiche per noi devono essere prese con un pizzico di sale.* Anche se la vera preoccupazione è che la democrazia possa davvero sostenere e sopravvivere con una parte importante della popolazione che lotta e soffre. L'India ha svolto un lavoro straordinario in termini di riduzione della povertà, un miracolo dopo la Cina. L'India ha fatto incredibilmente bene, anche se la domanda è come funziona o ha funzionato finora la democrazia in India. Le masse di persone durante il periodo coloniale erano sotto la tutela di un volto nazionale come Gandhi e oggi almeno, se non un volto, siamo ancora una democrazia di massa *(non fisica)*. Il popolo che compone i numeri è la più grande democrazia del mondo, ma la domanda su quanto sia significativo è sempre stata sollevata. In una nazione in cui la lotta per le basi è ancora in corso, la democrazia funziona ancora sulla base dei residui dell'epoca coloniale. L'India ha sempre suscitato perplessità nei commentatori: come funziona questo Paese, nonostante i tanti problemi e la diversità. I primi passi della democrazia indiana sono stati probabilmente compiuti durante l'epoca coloniale con il primo leader di massa dell'India, Gandhi, che ha lasciato un segno indelebile nel modo in cui la democrazia indiana si è formata. La strada per la democrazia in India è stata scavata da quella mentalità impostata per l'era di un uomo che guida una massa (come viene interpretata la democrazia). I principi della nonviolenza e l'approccio morale di Gandhi sono stati convenientemente trascurati. Nel complesso, quindi, la questione della democrazia indiana fin dai tempi del nostro primo passo è stata quella di una democrazia di massa e guidata dalle masse, dove la gente comune rappresenta i numeri e l'idea è stata quella di guidare e creare una democrazia basata sui numeri. È vero che ci sono tante cose di cui l'India può essere orgogliosa, soprattutto quando si tratta dello sviluppo di una democrazia, quando si pensava che l'India avrebbe faticato a ottenere la libertà in un tempo definito e che, anche se ci fosse riuscita, sarebbe crollata. Tuttavia, in qualche modo e da qualche parte, lo spirito indomito di Gandhi, che non si è mai arreso nonostante il suo approccio basato sulla nonviolenza contro un potente avversario, ha mantenuto viva la fiamma della democrazia anche oggi. Per quanto riguarda l'elemento della democrazia diretta, il sistema migliore è stato ideato da Gandhi sulla base delle sue idee di dare voce alla gente dei villaggi. La tradizione del passato si mescolava con la necessità della nazione, poiché l'India o l'idea di essa stava arrivando con la pillola amara, ma forse necessaria, della colonizzazione imperiale in una massa di terra disgregata. L'idea di democrazia diretta guidata dalle masse, tuttavia a un livello molto più orientato agli stakeholder, era l'idea di Gandhi per il panchayat o la nostra stessa democrazia diretta, come è evidente nei cantoni della Svizzera. L'India è la terra degli oltre 1,5 miliardi di persone e con una diversità che ci colloca al$17°$ posto, dove, a parte la Papua Nuova Guinea, l'India è la regione asiatica più diversificata[16]. Ora prendiamo la popolazione e la settima nazione più grande del mondo, che ci aiuta a scavalcare l'eredità della democrazia degli Stati Uniti, il gangster originale in quel dipartimento, davvero la danza indiana della democrazia o la danza del caos e del feudalesimo sotto le vesti della democrazia merita ancora un po' di credito. È vero che ci sono molti casi in cui si può e probabilmente si deve mettere in discussione il funzionamento della nostra democrazia, ma è anche un privilegio che vale la pena coltivare. Della lotta di Gandhi e delle sue posizioni filosofiche e morali si è parlato o scritto fin troppo ed è questo che ha spinto a lanciarsi in questa impresa per questo scritto. Tuttavia, che dire dell'idea della forma di governo che altri sognavano? In genere si dice o si ha la sensazione che Netaji e Gandhi appartenessero a due campi diversi, il che è quanto di più lontano dalla verità. Provenivano dagli stessi campi con approcci molto diversi verso un obiettivo. Il primo credeva nel modo di guidare la massa e nel potere della massa in termini di *"forma di resistenza passiva e aggressiva"*, che aveva una sorta di superiorità morale rispetto alle forze di polizia di pelle scura che picchiavano i loro stessi fratelli, comandate da sahib bianchi e talvolta scuri. D'altra parte, il libro dei giochi di Netaji e dei suoi compagni, in particolare dei rivoluzionari, era di unirsi alla forza delle armi fornite dai padroni britannici in modo limitato e ristretto per conto del popolo, cioè noi, o altro....

---

[16] *I paesi più (e meno) diversificati culturalmente nel mondo* | *Pew Research Center*

Siate il cambiamento, spazzate via il vecchio e fate largo: Ci siamo allontanati dai sogni di coloro che hanno versato sangue per la nostra libertà e il nostro autogoverno?

L'idea stessa dell'India che esiste oggi è stata la somma dell'evoluzione a partire dai gruppi nativi o tribali che esistevano sparsi in tutta l'India fino ad arrivare a una forma di civiltà urbanizzata nel Nord e nell'Ovest e nel Sud[17]. Mentre ci sono state persone che si sono trasferite o sono migrate dalla Bactria o dalla regione dell'Asia centrale. Non si tratta di entrare nel merito del dibattito tra nativi e teoria dell'invasione degli ariani e dei dravidi, perché non è questo il tema del libro. Anche se, per quanto riguarda la questione dell'invasione e dell'insediamento, ha un ruolo molto importante. La storia dell'India, se guardata da un approccio molto riduttivo o semplificato, si vedrebbe sotto i regni indù, sia a nord che a sud, almeno fino al 1100-1200 d.C. [18]Poi l'invasione islamica iniziò a diffondersi in tutta l'India, anche se questo può essere criticato perché ci sono stati popoli di fede islamica come i Moplah nel Kerala o le invasioni arabe nel Sindh, a parte Mahmud di Ghazni, oltre alla sconfitta dei mongoli, dei turchi e anche degli arabi e degli afghani. Quindi, c'è stato un mix di successi e sconfitte contro l'assalto della seconda ondata di influenza culturale socio-religiosa[19]. Dal sultanato di Delhi all'impero Mughal, un tempo potente, sono stati al centro del funzionamento politico indiano in termini di feudalità dal Medioevo all'inizio dell'era moderna. Sebbene esistano equazioni tra il sultanato del Bengala, l'impero Maratha, il Nawab nell'Oudh o a Lucknow, il sultano Tipu nell'area di Mysore, a parte il quasi benigno

---

[17] *L'India antica - Enciclopedia della storia mondiale*

[18] http://www.geographia.com/india/india02.htm

[19] https://www.britannica.com/place/India/Society-and-culture

regno Rajput e i piccoli Stati principeschi, quando le serie europee della Compagnia delle Indie Orientali stavano gettando l'ancora sulle coste indiane. I primi e i più importanti sono stati i francesi e la Compagnia britannica delle Indie orientali, desiderosi di inserirsi in questo puzzle di terre subcontinentali. Il potere centrale o il cosiddetto potere di Delhi sotto il sultanato Moghul era in fase di declino e sull'orlo del baratro. Se le forze regionali come i *Rajput, Tipu e i Maratha* si fossero unite a quel tempo per aiutare la Compagnia *delle Indie Orientali britannica o francese*, usando il dosaggio del nazionalismo per superare le barriere regionali, sicuramente io e altri eminenti storici prima di lui avremmo scritto una storia diversa dell'India e della storia subcontinentale. L'India ha sempre avuto il problema di essere organicamente multiculturale, il che ci dà forza ma è stato anche la fonte delle nostre storie stratificate e delle ondate di invasione che definiscono l'India di oggi. L'identità dell'India è sempre stata in discussione fin dall'epoca coloniale o da quella precedente e anche oggi. Il concetto di identità religiosa e di politica delle caste definisce l'India, perché l'idea dell'India è nata solo superando le barriere regionali, l'identità linguistica e la politica delle caste. Dagli incidenti di Bhima Koregaon al sub-regionalismo appena menzionato, l'idea di creare questa *"nazione miraggio"* sotto forma di puzzle è essa stessa una meraviglia conosciuta come India. Le vere opere di **V.S. Naipaul** e di **A.L. Baisham** hanno catturato l'essenza e la *diversità dell'India, che è lo specchio delle sfumature della nazione fratturata* di cui **Winston Churchill** si disinteressava. È vero che Gandhi, pur non essendo il padre ufficiale della nazione, è stato la forza in prima linea per unire almeno le masse di questa variegata terraferma che soffriva di un vuoto di potere dopo la scomparsa dell'impero Mughal, colpito dalle forze regionali e religiose in tutta l'India, soprattutto nel sud-ovest dalle forze Maratha da Aurangzeb in poi. Da Ashoka ad Akbar, ci sono casi di pochi imperatori pratici o piuttosto dinamici che sapevano che per gestire l'India l'estremismo non era la strada da seguire, anche se il loro viaggio è iniziato con spargimenti di sangue e conquiste. I modelli storici dell'India, almeno negli ultimi tempi, hanno acquisito una nuova voce, dove la storia del nostro passato vittorioso ha iniziato a emergere con le opere di *Sanjeev Sanyal e Vikram Sampath* che danno una nuova immagine dell'India. L'idea di un'India ricca di sfumature è stata avanzata anche dal dottor Shashi Tharoor o in termini di nuove dinamiche di una visione della politica estera sotto l'attuale governo, dalla guida della defunta Sushma Swaraj ai tempi attuali del *dottor Jaishankar*. Quindi, le narrazioni dell'India stanno cambiando, ma c'è una domanda che ci porta a pensare all'India e a come l'India possa essere egualitaria.

L'economia gandhiana, il desi rurale, il paese di recente industrializzazione e il raj miliardario

L'India sognata da *Mohandas Gandhi* si basava sull'idea di un'economia autosufficiente in cui le industrie medie e piccole potessero prendere il sopravvento. L'idea era quella di fermare le imprese più grandi, che all'epoca equivalevano alle grandi corporazioni, per lo più provenienti dall'Europa imperiale. Non è che l'idea, se guardata da quel periodo, possa essere ritenuta del tutto sbagliata, tuttavia l'idea di un'India autosufficiente che fosse completamente legata alle catene della dominazione straniera. L'idea dell'India autosufficiente di oggi, che viene commercializzata come *"Atma Nirbhar" Bharat*, potrebbe essere nata da questa idea. Oggi l'India ha superato i settantacinque anni di indipendenza politica, ma si pone sempre la domanda: siamo liberi? Può sembrare un'affermazione molto forte e da una posizione privilegiata, ma ho avuto l'opportunità di criticare e mettere in discussione il governo e questo è il senso della libertà. L'idea stessa di India durante la lotta per la libertà aveva visioni diverse. C'era la scuola gandhiana di economia che si basava sull'autosufficienza e sul ritorno all'economia rurale. Poi c'è stato il modo di Netaji Bose e Nehruvian di affidarsi all'industrializzazione in stile sovietico. Perché i soviet in primo luogo e non l'Occidente imperiale perché la Russia o la Russia sovietica postrivoluzionaria era vista come il faro dei paesi oppressi o emarginati. L'alleanza tentata da Netaji con la Russia durante la seconda guerra mondiale o il passaggio di Nehru al campo della comunità nonostante il mantenimento di una posizione di non allineamento e, infine, Savarkar che si rivolge a Lenin non sono solo episodi isolati, ma l'idea di creare un'economia egualitaria che potesse essere un antidoto alla vergogna imperiale di essere sottovalutati e controllati da una struttura simile a quella aziendale è sempre stata presente. È un'ironia che una società venuta letteralmente per commerciare in beni e comprare spezie abbia **"comprato"** l'intero subcontinente. Qui è stata scolpita l'idea di una nuova India, ma qui, mentre scriviamo, molta acqua è passata lungo il Gange, mentre oggi parliamo di raj miliardario. Un'interpretazione sardonica del Raj britannico, dove persone del nostro stesso colore e della nostra stessa terra potrebbero accaparrarsi le ricchezze in un contesto di crescente disuguaglianza. I rapporti suggeriscono che oggi l'India presenta maggiori disuguaglianze rispetto all'epoca coloniale. Cosa c'è di più ironico e doloroso per i nostri combattenti per la libertà, se sono vivi, o per l'anima di chi non c'è più. L'economia indiana è oggi sbilanciata verso l'alto, dove l'1% delle persone detiene più del 65% della ricchezza, e anche questa è una stima moderata. La corporativizzazione dell'economia indiana ha compiuto un giro completo dagli imperialisti europei fino all'epoca contemporanea delle corporazioni indiane[20]. A quei tempi, la Compagnia delle Indie Orientali era solita pagare onorari ai principi indiani e in cambio riscuoteva le tasse e prosciugava le ricchezze. Oggi, purtroppo, sotto le vesti della democrazia indiana e dello spettro di bandiere politiche multipartitiche e multicolori, non è diverso. L'idea dell'economia indiana proposta da Mohandas Gandhi si basava sul rafforzamento locale. L'economia indiana è ancora oggi in difficoltà in molti Stati, ma la vera preoccupazione è che la collusione tra le imprese e la politica fa ricordare lo scetticismo di **Winston Churchill**. Egli aveva respinto l'intera idea della ricerca dell'indipendenza dell'India e aveva detto che se l'India fosse diventata libera sarebbe stata amministrata da delinquenti e saccheggiatori. Anche se il gioco di parole era involontario, ironicamente la sua stima non era stata lontana dal vero. Anche se un'altra previsione secondo cui i leader indiani erano uomini di paglia e non adatti a governare, a causa della piega che hanno preso gli eventi nello scenario globale odierno, ha un'origine indiana da parte del primo ministro etnico. La dinamica politica dell'India, fin dall'indipendenza del nostro Paese, è stata colpita con le basi di **Roti, Kapda aur Makaan (Cibo, Vestiti e Abitazioni)**, ma nel mezzo i politici si sono arricchiti, se non tutti, ma la maggior parte di loro. Mentre il clamore della più grande democrazia del mondo, che è l'India, con il suo sistema di franchigia universale degli adulti che rende gli elettori eleggibili per la scelta dei loro rappresentanti. Tuttavia, la questione si riduce al potere dell'economia

---

[20] *https://www.bloomberg.com/opinion/articles/2024-03-25/india-election-billionaire-raj-is-backing-modi-and-leading-to-autocracy*

e al modo in cui chi controlla la vera macchina politica fin dall'epoca coloniale. I detentori del potere possono aver cambiato colore ed etnia, ma è arrivato il vero cambiamento? Questa è la domanda che porta alla dinamica della "sindrome del raj" che l'India ha affrontato. Le persone che in India lavorano nell'ombra per il vero cambiamento che conta per molte persone sono perse o non celebrate, non che siano in cerca di fama. La nozione di politica indiana è ancora guidata dall'economia della povertà, o dalle strutture capitalistiche clientelari meglio conosciute come oligarchi, che ci guidano. La storia del successo dell'imprenditore moderno in India verrà raccontata più avanti. Una volta uno studente di scambio polacco mi ha chiesto a Kolkata, che ironia, proprio sotto un enorme edificio dormono i senzatetto. Non è che i senzatetto non ci siano in Occidente, ma il numero di persone che vivono nelle nostre città e il brutto contrasto sono stati rappresentati meravigliosamente in *Jolly LLB*. Sono le persone o possono essere i "parassiti" per molti che sono attratti dagli spazi illuminati della città per sfuggire alle desolate e sterili opportunità di lavoro nelle aree rurali, sono emarginati o sono invisibili. La recente notizia dell'acquisizione da parte di Adani della riqualificazione degli slum è come dire che viviamo in una nazione che opera come un'azienda in base ai capricci di alcune società. *Billionaire Raj*, come recita il titolo e come aveva fatto un altro libro omonimo, la politica della povertà non sembra destinata a scomparire presto. È ora che la politica indiana si svegli e prenda provvedimenti che vadano a favore del popolo e che vogliano assumere il mantello dello sviluppo egualitario. I dati del governo mostrano che la povertà e la disoccupazione si sono ridotte, ma i dati sulla sicurezza alimentare e sull'indice della fame ci mostrano che siamo scesi al di sotto del Bangladesh e del Pakistan e, pur parlando della terza economia in ordine di garanzia, la nazione che noi indiani amiamo trollare per molti, il Bangladesh in alcuni anni ci ha preceduto nel reddito pro capite! Una fallacia logica potrebbe essere quella di guardare alla loro popolazione e alla nostra, che è una comoda scusa per non dimenticare che anche il Bangladesh ha una popolazione considerevole, nulla in confronto alla nostra, ma noi la usiamo come scudo del nostro orgoglio, non preoccupandoci degli 800 milioni di persone che ricevono razioni gratuite per il covid, ma piuttosto predicando. Guardate che risultato! L'adulazione e la retorica possono arrivare solo fino a un certo punto, di cui sono colpevoli sia l'attuale presidente che gli avversari. Dimenticate la politica economica dei grafici K o V, le persone in tutto il mondo hanno bisogno di avere le basi coperte e l'India non è da meno, combattendo la battaglia per un periodo di oltre 200 anni.

L'I.P.L. (Lega politica indiana) dell'India da Hey Ram a Ram Rajya

La politica indiana ha un detto molto famoso che recita *"aaya ram, gaya ram"* e che si basa su una persona di nome Ram che ha cambiato più volte o precisamente circa 4 volte in Haryana in una sola notte. Tornando a Churchill, egli è sempre stato sprezzante nei confronti della leadership indiana. Credeva a ciò di cui avevo parlato poco prima. La politica indiana è ancora considerata disordinata, eterogenea e un affare bizzarro in cui le elezioni si svolgono nell'arco di 44 giorni in un solo paese!!! Pensa un po'!!! Tuttavia, tutto questo potrebbe cambiare se in futuro il mandato per un'unica nazione, un'unica elezione si realizzasse in India, che sarà la più grande di tutte le nazioni del mondo a renderlo possibile. La politica indiana, in particolare, è quella in cui lo stesso uomo cambia partito politico senza curarsi dell'ideologia o della moralità della democrazia in questione. Nelle democrazie occidentali questo sarebbe inimmaginabile. In India, tuttavia, è più simile a un giocatore della Indian Premier League, nel frenetico circo estivo dell'India, avvolto nello sport, che cambia i colori della propria maglia per il partito che più lo avvantaggia, come la maglia della franchigia. La previsione di Winston Churchill non poteva essere più profetica e azzeccata per la democrazia indiana. La percentuale di casi penali contro i membri del nostro parlamento è discussa già a Singapore, nel sud-est asiatico. Sebbene sia anche vero che l'India e il suo attuale leader, con un'immagine di grandezza superiore alla vita, hanno guadagnato riconoscimento e fama da parte delle nazioni occidentali che cercano di corteggiare un'India presumibilmente "democratica" per contrastare l'aggressività di una società autocratica come la Cina. La fondazione del nostro Paese si è basata su alcuni eventi, su persone di spicco che potrebbero essere messe in discussione, ma per il fatto di aver concesso loro il beneficio di essere i primi guardiani della società, è stata creata la struttura della democrazia indiana, per quanto fragile o problematica possa essere. L'idea stessa che l'India possa essere una democrazia, con le sue stesse fallacie, non avrebbe mai dovuto essere nel dominio della psiche degli uomini bianchi inglesi. I **"Wog"**, come eravamo conosciuti oltre ai

"**Pakistani**" in termini di insulti razziali per il popolo del subcontinente, nonostante la sua vacillante democrazia, continuano a lottare e a lottare, anche se negli ultimi anni le rivendicazioni sulla libertà dei media e sulla qualità della democrazia sono state messe in discussione dai think tank occidentali, dai canali mediatici ecc. È un'altra storia che oggi la terra di quei padroni coloniali, in particolare l'Inghilterra e la sua capitale, sia stata soprannominata Londonistan. *Il mandato di Sadiq Khan a Londra, con origini pakistane, e di Rishi Sunak al numero 10 di Downing Street, in un momento in cui l'economia inglese sta sprofondando e aumentano i crimini, la cui paura ha spinto il giocatore di cricket inglese di origine sudafricana Kevin Pietersen ad abbandonare il suo orologio da polso per timore di uno scippo, avrebbe sicuramente fatto rivoltare nella tomba Winston Churchill.* Tornando all'India, la più grande democrazia del mondo è ancora di natura feudale, dove le dinamiche del potere sono ancora nelle mani di pochi e la questione dell'identità attribuita alle persone appartenenti alle tribù, ai dalit e ai namashudra o alle caste inferiori è ancora una questione che non siamo riusciti a trovare. Nehru, il primo primo ministro dell'India, nonostante fosse vicino a Gandhi, aveva il suo modo di essere anglofilo e il suo approccio era elitario e, in mancanza di una parola migliore, anglicizzato o occidentalizzato, proprio come Md. Ali Jinnah, ironicamente il pioniere della creazione del Pakistan, voleva una terra separata per i musulmani nonostante fosse dipendente dal fumo e dall'alcol. A conti fatti, la religione è stata al centro dell'identità della politica indiana fin dall'epoca precoloniale, per poi essere utilizzata dai colonizzatori europei o britannici come terza e ultima forza per lasciare la propria impronta o il proprio marchio indelebile. La costruzione del tempio di Ayodhya o la creazione di Ram Rajya o soprattutto di Hey Ram come segno di saluto è diventato un segno di identità politica che si allinea con il presunto spettro di destra della politica indiana. Ironia della sorte, fu la stessa parola **Hey Ram** che fu pronunciata da Gandhi dopo la spartizione del Paese da parte di un esponente dell'ultradestra, Nathuram Godse, come ho già detto. Il tempo è volato molto sul subcontinente indiano, e non dovremmo cadere nell'errore di cadere nell'espediente del socialismo o del falso nazionalismo. Entrambi mescolati insieme hanno effetti cocktail ancora più pericolosi, come dimostra il famigerato regime **nazista** che ha comunque cambiato le dinamiche della storia mondiale. Netaji Bose, l'unico combattente per la libertà indiano ad aver stretto la mano ad Adolf Hitler, aveva detto: "Per rendere il mio Paese libero, sono disposto a fare un patto con il diavolo". Gandhi e Subhas Chandra Bose sono stati due dei più importanti combattenti per la libertà dell'India, i cui messaggi appaiono ai poli opposti. Tuttavia, uno sguardo più attento mostra che il loro pragmatismo e i loro principi sono stati plasmati dalle situazioni uniche che hanno dovuto affrontare per ottenere l'indipendenza dell'India.

Parte 3: Il puzzle e l'enigma dell'India, dove il passato incontra il presente nella speranza di un futuro migliore.

Mitologia, leggende e dilemma socio-politico indiano

L'India è una terra di mitologia e di leggende, che ci hanno indubbiamente aiutato nel senso della nostra identità collettiva e anche nella lotta contro gli invasori o i colonizzatori. L'idea dell'India come nazione ha uno scenario di identità ascritta, come la maggior parte delle nazioni post-coloniali, che si diffonde nella società. È il modo in cui l'intera idea dell'India è stata scolpita sotto forma di storie, divisioni in caste, asperità identitarie e il "puzzle" collettivo che chiamiamo India o i pezzi che rivendichiamo come nostri storicamente, ma che ora sono stati formati come altri Paesi in senso territoriale che ancora conservano alcune radici dall'India e cercano di accertare una nuova identità. Detto e fatto, l'India era, è e molto probabilmente continuerà nella sua tradizione di leggende e folklore che danno a questa **"nazione miraggio e miracolo"** il senso di identità che ha sempre inseguito. Le grida di **Jai Shree Ram** o **Bajrangbali** non sono solo grida di appartenenza religiosa, ma un grido disperato e un tentativo di unificare l'identità nei tempi attuali, proprio come Vande Mataram o Jai Hind durante la nostra lotta coloniale o forse **"Jai Ekling Ji ki Jai"** o **"Har Har Mahadev"** di Rajput e Maratha o **"Allahu Akbar"**. Quando gli inglesi o gli europei arrivarono con il loro grido di guerra **"Per il re o per la terra"** e ci sottomisero tutti, era ora che noi colonizzati o i cosiddetti sconfitti prendessimo ispirazione dal nostro passato e conservassimo la gloriosa identità indigena che non era stata contaminata o intaccata dall'arroganza o dal complesso di superiorità delle potenze imperialiste. Tutto questo ci ha riportato alla ricerca dei nostri gloriosi eroi, siano essi uomini o donne, sotto forma di leggende della nostra mitologia religiosa o del folklore. La storia di Ma Kali, la feroce dea in cui si rifugiarono i rivoluzionari dell'India che si trovavano all'altro estremo della resistenza passiva e della disobbedienza civile gandhiana. Che cosa avrebbe pensato Mohandas Gandhi, che un tempo indossava l'abito e favoriva gli inglesi contro la ribellione zulu, a parte la loro filosofia, non c'è bisogno di dirlo. Ho sempre pensato che se **Tipu Sultan, i Rajput e i Maratha**, che avevano grida di guerra diverse e avevano le proprie mitologie o affinità religiose oltre al proprio folklore, si fossero riuniti, cosa sarebbe successo? In una fantasia infantile avremmo cacciato gli europei e gli inglesi in particolare. Con l'aiuto dei francesi, Tipu Sultan aveva già fatto le sue prime scoperte sui piccoli razzi e sull'artiglieria da usare in battaglia contro gli inglesi. L'idea della forma occidentale di nazione che era evidente in Danimarca e in Inghilterra è generalmente screditata per l'India, perché i concetti occidentali di nazione basata sulla territorialità non sono mai stati evidenti in India sotto **"Una sola bandiera, un solo inno e un solo sovrano"**. [21]Anche l'anno 1857, che segna una biforcazione da parte degli storici indiani e occidentali, soprattutto britannici, per non parlare dell'illustre storico **Niall Fergusson** o di **William Dalrymple**, che hanno una classe a sé stante, generalmente riducono questo evento temporale a un binario. Il binario della narrazione indiana come "*Prima guerra d'indipendenza indiana*" o la narrazione occidentale/britannica "*Ammutinamento dei Sepoy/Soldati*". La risposta sta nel mezzo. È vero che ha avuto le scintille di unire una vasta distesa di terre divise tra geografie, lingue e culture unite nella rivolta contro i britannici e ha dato loro una risposta infliggente, almeno inizialmente. Allo stesso modo, anche il fervore nazionale che ci si aspettava da questo evento non si è verificato nella maggior parte della nazione come richiesto o previsto. Sono tutte ipotesi e se fosse successo, l'India avrebbe ottenuto l'indipendenza in almeno molte province, proprio come le nazioni dell'America Latina, oppure si sarebbe raggiunto un accordo. Tuttavia, non è detto che l'evento del 1857 sia stato privo di conseguenze che hanno avuto effetti sia a lungo termine che a breve termine. L'effetto a breve termine fu che finalmente l'India passò sotto la corona britannica e venne conosciuta come India britannica, mentre l'effetto a lungo termine fu il modo in cui si formò la politica nazionale. Abbiamo iniziato con quei canti di guerra, come già detto, e dopo aver percorso la strada della resistenza passiva e della disobbedienza civile gandhiana sotto la sua guida di massa dall'inizio del Novecento, in particolare nel secondo decennio, siamo tornati ancora una volta agli slogan, sebbene ci fossero anche Vande Mataram e Jai Hind.

---

[21]*https://www.newindianexpress.com/magazine/voices/2023/Sep/16/constitution-national-symbols-only-glue-that-bind-india-that-is-bharat-2614898.html*

India la terra per dimostrare Vini, Vidi, Vici?!: Caccia alla gloria sportiva e culturale.

Durante i miei studi di scambio in Germania, ero solita essere presa in giro, anche se non in modo crudele ma piuttosto amichevole, dicendo che dov'è l'India nel mondo dello sport? Il titolo del libro parla della via gandhiana e della politica e delle dinamiche sociali indiane, quindi dove si trova il dibattito sullo sport? La risposta sta nel dire che è così. Se si prendono in esame i libri di storia di tutto il mondo, tutte le nazioni colonizzate, emarginate o sottomesse hanno trovato nello sport i mezzi per ritrovare sempre la propria identità nazionale e per essere orgogliose della propria esistenza contro gli oppressori. L'India, che è diventata la nazione più popolosa del mondo nel giugno del 2023 [22]ha avuto una gloria sportiva che è troppo lontana e intermedia. In che modo è collegato al fronte politico indiano. La via gandhiana dei mezzi pacifici di violenza politica si diffuse tra le masse e creò un movimento di massa. Tuttavia, ha creato una cultura di massa in cui le persone sono diventate più passive e con uno spirito più debole da qualche parte che non si è concentrato sulla forza fisica ma su quella mentale. Quest'ultimo aspetto ha la sua importanza, e si può considerare ridicolo che la via gandhiana giustifichi le prestazioni indiane nel mondo dello sport. Va ricordato che la cultura nazionale svolge un ruolo molto importante nella creazione della psiche. Immaginate di affrontare gli australiani, che storicamente erano anch'essi una colonia di coloni, con una mentalità diversa. Il gioco della politica in India è diventato la politica dei giochi o delle federazioni sportive in India. Oltre alla creazione di una cultura sportiva di massa, che avrebbe potuto e dovuto essere necessaria, è mancata l'avanguardia dei rivoluzionari armati. L'impatto della cultura sportiva, che richiedeva di concentrarsi sull'essere fisicamente aggressivi e di avere

---

[22] *https://www.bbc.com/news/world-asia-india-65322706#:~:text=India's%20population%20has%20reached%201%2C425%2C775%2C850,census %20%2D%20was%20conducted%20in%202020.*

anche un senso di spirito combattivo, ha richiesto anni per svilupparsi, cosa che probabilmente è avvenuta nel 1983 con il primo successo collettivo della Coppa del Mondo di Cricket. Anche se prima di allora la nostra eredità con la squadra indiana di hockey maschile continuò fino alle Olimpiadi di Mosca del 1980 e alla prima medaglia di un indiano K.D. Jadhav dopo l'indipendenza[23]. Tuttavia, come già detto, avremmo potuto essere qualcosa che non abbiamo potuto essere. Dal film **"Maidaan"**, che presenta le sfide per lo sviluppo del più grande sport del mondo, in cui l'India è stata vistosamente assente, si evidenziano i problemi in cui lo sport indiano è in ritardo, compresa la politica dello sport che viene menzionata.[24] In termini reali, la questione della Wrestling Federation of India, in cui i lottatori si sono riuniti per protestare contro le molestie sessuali subite dall'allora presidente Brij Bhushan, non ha portato ad altro che alla sostituzione del figlio al timone. Le questioni relative ad altre federazioni sportive indiane, tra cui la All India Football Federation, hanno visto l'intervento della Corte Suprema indiana e la FIFA ha temporaneamente bandito l'India a causa delle interferenze governative. Il khadi si è fatto strada nello sport indiano, dove la meritocrazia si è ripetutamente scontrata con il nepotismo, che ha portato sul grande schermo storie di film di Mumbai e di altre industrie cinematografiche regionali. Così, parlando di cinema, mi viene in mente l'affermazione che Satyajit Ray aveva fatto nella sua intervista : ***"Il pubblico indiano è arretrato"***. L'affermazione è un po' troppo semplicistica, ma va da sé che l'idea può essere ancora valida. I film musicali provenienti dall'India possono ancora essere considerati con una certa adorazione o con un senso di disprezzo per molti al di là dei nostri confini. Tuttavia, c'era una ragione per portare avanti le nostre storie per le masse di persone che ovviamente non sono francesi o tedesche per il loro modo di guardare i film, I film che colpiscono duramente in India generalmente non ottengono questo tipo di patrocinio perché in generale sembra che non ci sentiamo depressi dalla realtà e il film è visto come una modalità di evasione. È così che i film "masala" di Mumbai hanno un po' di canzoni, musica, danza,

---

[23] *https://olympics.com/en/news/wrestling-first-indian-win-olympic-medal-1952-kd-jadhav*
[24] *https://www.thehindu.com/news/national/delhi-court-frames-charges-against-ex-wfi-chief-brij-bhushan-singh-in-sexual-harassment-case/article68199335.ece*

dramma, violenza che vengono mostrati in modo spruzzato per le varie aspirazioni della società e come sono in India. Da **"Maachis"** a **"Udaan", ci** sono stati alcuni film dell'industria di Mumbai, oltre alle gemme che provengono da film Malayalam, Marathi, Bengali, Tamil, Gujarati e Telugu, ecc. Un Oscar non significa necessariamente un punto di riferimento per un film indiano, sia che si tratti di un film di origine indiana o di un film completamente realizzato in India o dall'India. La questione sta nel fatto che come società siamo pronti a fare film che sollevano questioni come "Mio fratello Onir"?

Ek Bharat, Shrestha Bharat: One Nation-One Election al Codice Civile Uniforme, il concetto di "Diversità nell'Unità" dell'India viene semplificato?

L'idea dell'India è quella di una diversità che è stata motivo di celebrazione ma anche di conflitti. Il concetto di indianità o di nazione è qualcosa che ha sempre messo in discussione i domini colonizzati. Soprattutto in un Paese come l'India o forse la Nigeria e molte altre nazioni africane e asiatiche, l'idea di indianità è stata coltivata, ma non significa che non ci fosse. Questi elementi c'erano, ma non sotto forma di confini territoriali, bandiera, inno e passaporto unificato per viaggiare. Come accennato, questo tipo di elementi sono arrivati in modo nuovo e occidentalizzato e non sono altro che resti coloniali confezionati per una nazione post-coloniale. Ora, dopo aver completato 75 anni di indipendenza ed essere una Repubblica, la nozione di *"Bhartiya"* è stata la vera sfida. Il primo leader di massa indiano davvero in grado di smuovere le masse in questo senso potrebbe essere Gandhi, da cui il libro prende il titolo. C'erano leader popolari in tutta l'India, ma quello che poteva davvero muovere il popolo in tutta l'India era stato limitato nelle regioni. Questo vuoto che c'è sempre stato è stato colmato per la prima volta da Gandhi, che aveva un suo peculiare modo non violento, legato alla moralità, di lottare per l'autogoverno. Questo tipo di approccio, che non costituiva una minaccia per l'impero britannico in termini di violenza o di attacco, come avevano fatto i rivoluzionari, gli era anche congeniale per essere sostenuto dai media e dalla stampa in India e all'estero, mentre i rivoluzionari venivano definiti terroristi o trasformati in elementi marginali. Il libro di Sanjeev Sanyal ha già esposto l'idea dei rivoluzionari e del loro modo di lottare per la libertà, in antitesi al metodo gandhiano. Ramachandra Guha ha parlato dell'India e della sua essenza nel modo in cui si è formata la coscienza nazionale prima e dopo Gandhi, ma possiamo immaginare un'India senza Gandhi? È qui che il libro cerca di trovare il significato dell'India, anche senza Gandhi o l'essenza di Gandhi.

La via indiana non era mai esistita, così come non esisteva una coscienza nazionale che lottasse per un pezzo di terra geografica. Era presente sotto forma di scambi culturali e di viaggi che avvenivano in modo organico, poiché non c'erano barriere in quanto tali. Tuttavia, con l'inizio della storia registrata della civiltà umana nel subcontinente, le differenze in termini di civiltà hanno iniziato a emergere nel corso di migliaia di anni, accelerate dall'arrivo di invasori, saccheggiatori o stranieri. Questo tipo di storia è presente nella storia di ogni nazione, più o meno in tutto il mondo. Ora la questione di rendere l'India uniforme in termini di leggi, lingua, abitudini alimentari e identità nazionalista è stata presa in considerazione come progetto dal BJP (Bharatiya Janata Party) al governo. L'idea di una mobilitazione di massa di tutta l'India è stata lanciata da Gandhi, che ha dato il primo senso di movimento nazionale a qualsiasi livello e che ha raggiunto l'apice durante il movimento di non obbedienza del 1922. L'ultimo tentativo in tal senso risale al 1857, quando per la prima volta sotto l'epoca imperiale si verificò un movimento di popolo, se non in tutta l'India, ma in alcuni quartieri in cui la questione della partecipazione civile poteva essere messa in discussione, ma che si ritrova nelle menzioni del massacro del 1857 e delle conseguenze nella regione di Delhi durante questo periodo. Ora la questione dell'unificazione dell'India in termini di creazione di politiche uniformi per la nazione sono solo i passi compiuti dall'attuale governo che vuole ridisegnare una nuova India in cui la struttura federale non sia più una debolezza ma piuttosto trasformata in forza. Tuttavia, rimane sempre la domanda se possiamo semplificare la diversità dell'India solo cambiando il quadro costituzionale. I tempi che cambiano per il cambiamento della nazione indiana sono provati dal suo governo in carica politicamente eletto che sta cercando di resettare, ma sarà rassicurante o caotico? Questa è una domanda che non conosciamo perché la risposta è nel futuro, ma il nostro scivolamento nell'indice di democrazia e la risposta del governo di creare un proprio indice sono alcuni segnali che devono essere letti tra le righe. L'India aveva elementi di democrazia prima della colonizzazione, e dovremmo fare attenzione anche al futuro affinché non si perda di nuovo. Questo pragmatismo si manifestò nella sua capacità di cambiare le sue strategie con il mutare del clima politico, pur attenendosi strettamente alle sue convinzioni fondamentali sulla nonviolenza e sull'autopurificazione. Al contrario, Netaji Bose, un nazionalista più militante, riteneva che la lotta armata fosse necessaria per ottenere la libertà dell'India. Il risultato di questo pragmatismo fu evidente nella formazione di alleanze con potenze straniere come la Germania nazista e il Giappone imperiale per ottenere il loro sostegno alla sua causa. Ciò è racchiuso nella famosa frase di Bose: "Datemi il sangue e vi darò la libertà", che dimostra la sua convinzione della necessità di una resistenza armata contro il dominio britannico. Tuttavia, nonostante le differenze tra l'approccio di Gandhi e l'atteggiamento di Netaji, entrambi gli uomini si impegnarono per raggiungere lo stesso obiettivo: l'emancipazione dal dominio coloniale in India. Hanno sviluppato le loro rispettive ideologie attraverso l'esperienza di vita e le sfide incontrate durante il processo di lotta per la sovranità. Le masse sono state galvanizzate dalla posizione nonviolenta di Gandhi, che ha guadagnato la simpatia globale per la causa indiana, ma nel frattempo è rimasto abbastanza pratico da allontanarsi da alcuni principi fondamentali quando le dinamiche politiche sono cambiate intorno a lui. Per contro, Bose si rese conto che l'approccio pacifista non poteva funzionare all'interno delle barriere britanniche, soprattutto se si voleva ottenere un risultato immediato.

In definitiva, però, sia Gandhi che Bose hanno svolto un ruolo fondamentale nella costruzione della nazione indiana nel contesto della lotta per la libertà. Questo dimostra quanto fossero diverse le loro ideologie e quanto entrambi fossero pragmatici nel gestire le circostanze relative alla libertà indiana. Gandhi e Subhas Chandra Bose sono stati due dei più importanti combattenti per la libertà dell'India, i cui messaggi appaiono ai poli opposti. Tuttavia, uno sguardo più attento mostra che il loro pragmatismo e i loro principi sono stati plasmati dalle situazioni uniche che hanno dovuto affrontare per ottenere l'indipendenza dell'India. Gandhi, invece, noto per il suo movimento di disobbedienza civile non violenta, adottò la via della transizione pacifica verso l'autogoverno. La sua filosofia del Satyagraha, basata sulla verità e sulla non violenza, ha toccato il cuore della gente e ha ottenuto il sostegno internazionale del movimento per l'indipendenza indiana. Questo pragmatismo si è manifestato nella sua capacità di cambiare le sue strategie con il mutare del clima politico, pur rimanendo rigorosamente fedele alle sue convinzioni fondamentali sulla nonviolenza e sull'autopurificazione.

Al contrario, Netaji Bose, un nazionalista più militante, riteneva che la lotta armata fosse necessaria per ottenere la libertà dell'India. Il risultato di questo pragmatismo fu evidente nella formazione di alleanze con potenze straniere come la Germania nazista e il Giappone imperiale per ottenere il loro sostegno alla sua causa. Ciò è racchiuso nella famosa frase di Bose: "Datemi il sangue e vi darò la libertà", che dimostra la sua convinzione della necessità di una resistenza armata contro il dominio britannico. Tuttavia, nonostante le differenze tra l'approccio di Gandhi e l'atteggiamento di Netaji, entrambi gli uomini si impegnarono per raggiungere lo stesso obiettivo, l'emancipazione dal dominio coloniale in India. Hanno sviluppato le loro rispettive ideologie attraverso l'esperienza di vita e le sfide incontrate durante il processo di lotta per la sovranità. Le masse sono state galvanizzate dalla posizione nonviolenta di Gandhi, che ha guadagnato la simpatia globale per la causa indiana, ma nel frattempo è rimasto abbastanza pratico da allontanarsi da alcuni principi fondamentali quando le dinamiche politiche sono cambiate intorno a lui. Per contro, Bose si rese conto che l'approccio pacifista non poteva funzionare all'interno delle barriere britanniche, soprattutto se si voleva ottenere un risultato immediato. In definitiva, però, sia Gandhi che Bose hanno svolto un ruolo fondamentale nella costruzione della nazione indiana nel contesto della lotta per la libertà. Questo dimostra quanto fossero diverse le loro ideologie e quanto entrambi fossero pragmatici nel gestire le circostanze relative alla libertà indiana.

Parte 4: La danza della democrazia?

I media come quarto pilastro o come portatore di frusta del circo in una democrazia apparentemente cangurosa: Sicurezza alimentare, democrazia o indice di libertà dei media perché stiamo scivolando verso il basso?

La questione di rendere una nazione come l'India uniforme in molti modi per scolpire un senso unitario di nazionalismo ha un ruolo in cui i media hanno un ruolo immenso da svolgere. A quanto pare, la domanda che avevo posto nel capitolo precedente, dove l'ho conclusa, è stata trascinata in questo capitolo. L'uniformità dell'India non è mai stata naturale e la diversità è ciò che ci definisce. Anche il concetto di nazione era debole, il che può essere empiricamente difficile da provare o persino da confutare, ma se vediamo la storia dell'India o anche del subcontinente, si può vedere come un pezzo di terra che è stato il preferito dai predoni. Questo pezzo di terra disgregato, dove gli interessi egoistici e la corruzione sono stati utilizzati più e più volte, è stato manifestato nel migliore dei modi dalle potenze coloniali europee, in particolare dal Raj britannico. Conquistare questo enorme pezzo di terra e controllarlo direttamente non è mai stato possibile per nessuna potenza e non è stato nemmeno tentato dal potere imperiale, piuttosto l'idea era quella di dare un senso di controllo mentre gli inglesi controllavano le risorse e il loro utilizzo, nonché il cosiddetto dire la nostra sotto la bandiera dell'India britannica nel contesto globale. La nazione post-coloniale che abbiamo oggi funziona ancora su alcuni principi presi in prestito da quel contesto. L'idea degli amministratori britannici è stata sostituita dal governo centrale e il senso di autonomia limitata è stato sostituito dal governo statale. Questo tipo di sistema di centralizzazione-decentramento esisteva anche in epoche precedenti, ma tutto questo preludio storico serve a dare l'idea di dove e come il concetto di creazione di uniformità per la nazione e l'amministrazione sia un progetto un po' complicato da sperimentare in India e con cui non si può scherzare tanto facilmente. L'idea di unire l'India in una lotta di massa, pur mantenendo un contrasto distinto sotto la veste del movimento per la libertà non violento, fu un fattore uniforme nei giorni dell'indipendenza. I modi dell'indianità sono qualcosa che l'India o molte altre nazioni coloniali nelle rispettive nazioni hanno cambiato in larga misura, anche se il contesto potrebbe essere diverso. A tutto questo si aggiunge l'equazione dei media. Negli ultimi tempi, i media indiani hanno perso immensa credibilità in quanto media "Lib****du", se si schierano a sinistra e contro l'attuale governo, o media "Godi" [25] che sono più vicini alla narrativa del governo e possono essere superficialmente a destra dello spettro. In ogni caso, il concetto di diversità dell'India è sempre stato messo in evidenza in termini di regionalismo che prevale sulle questioni di interesse nazionale, sia in epoca coloniale che post-coloniale. Tuttavia, in mezzo a tutto questo, il ruolo dei media è stato fondamentale per l'India anche sotto il Raj britannico e la nozione di parzialità dei media nei confronti del Raj britannico può essere evidentemente intesa come diretta dagli oppressori. Ma che dire dell'era post-indipendenza? I media stanno svolgendo un ruolo sufficiente, soprattutto quando la nostra democrazia è discutibile e, stranamente, si è avverata in larga misura. Il cambio di colori politici, come le maglie sportive in una democrazia feudale multipartitica come la nostra, ha un peso molto importante quando si tratta del ruolo dei media. È anche vero che le case editrici dei media stanno cadendo nel dominio della propria parzialità, che sia a favore del governo o contro il governo. L'idea per i nostri media è quella di riportare i fatti e non essere di parte, sia dal punto di vista occidentale, che è contrario ai nostri principi democratici, sia dal punto di vista di chi è troppo preso dalla storia revisionista dell'India che viene venduta come il nostro orgoglio nazionale. I media sono ancora importanti in un Paese in cui la responsabilità dei leader eletti e selezionati nella gestione della democrazia è ancora discutibile. In una nazione in cui il nostro indice di libertà è messo in discussione, così come la nostra posizione nella classifica della sicurezza alimentare, è

---

[25] *https://www.rediff.com/news/column/aakar-patel-will-godi-media-change-in-modi-30/20240628.htm*

tempo che i media si concentrino al di là dell'evidenziare i difetti del governo o i risultati ottenuti, ma piuttosto cerchino di scoprire perché siamo ancora in ritardo. I media hanno avuto un ruolo importante anche durante i giorni della lotta per la libertà, quando si parlava di Gandhi, Netaji e milioni di altri. I problemi di quei tempi sono stati messi in piedi anche se e la questione della moralità è stata presente. Tuttavia, nei tempi odierni, il ruolo dei media dovrebbe essere quello di scoprire i motivi per cui e dove l'India è stata carente, piuttosto che creare un giornalismo sensazionalistico o d'inchiesta che si distingua in modo diverso.

Il nepotismo è una roccia, dicono alcuni, il talento o la meritocrazia sono più avanti, e allora dov'è la democrazia in India?

La questione della democrazia indiana, che può essere criticata ed è stata criticata soprattutto dai commentatori occidentali o da quelli che hanno avuto un'educazione occidentale, è un processo continuo. La natura sprezzante di Churchill sul diritto del popolo indiano all'autogoverno può essere dovuta al modo in cui la nostra storia si è svolta. Come l'Africa, anche l'India, come molte parti dell'Asia e perfino alcune parti dell'Europa pre-contemporanea, ha avuto difficoltà a formare una coscienza nazionale. Gli inglesi erano soliti dire **"Il sole non tramonta mai sull'Impero Britannico"**, ma è certamente così e oggi, ironia della sorte, è guidato da un uomo di origine indiana che, sebbene non possa essere definito indiano per cittadinanza, ha certamente visto o naturalmente assorbito i principi indù indiani dalle sue stesse parole. La nascita della democrazia indiana è avvenuta dopo la lotta non solo contro gli inglesi, ma anche per rovesciare il sistema feudale secolare consolidato dal sultanato di Delhi e dall'impero Mughal negli anni centrali della storia indiana, iniziata con i regni indù successivi alla Valle dell'Indo e alla civiltà dravidica. Anche se questo può sembrare riduttivo in termini di storia, ma questo non è un pezzo storico, quindi non divaghiamo. La questione sollevata in questo capitolo è la qualità e la salute della democrazia indiana. Sulla carta, anche se siamo considerati la più grande democrazia del mondo, quella che è nata come un miracolo e che per noi è preziosa deve essere preservata. L'India, considerata la figura paterna della democrazia in Asia meridionale per la sua storia religiosa e politica, ha vissuto diversi episodi di violenza religiosa che sono sfociati nel più grande sfollamento umano del mondo sotto forma di spartizione e nella nascita della nazione del Pakistan. Non è finita qui, perché i valori della democrazia indiana sono stati messi in discussione e minacciati, perché i pezzi di 562 Stati principeschi sono stati ricuciti insieme come un puzzle[26]. Il valore della democrazia indiana è che, nonostante la sua vena occasionalmente violenta a causa dei residui feudali della nostra società e della corruzione nella politica indiana, non è ancora stata sradicata a differenza di molte nazioni africane e asiatiche. Si dice che la democrazia indiana sia orientata alla famiglia o al nepotismo, come molti altri settori, e negli ultimi tempi sotto Narendra Modi è stata anche bollata come autocrazia, con un rumore molto più forte di quello che sarebbe stato durante il regime di Indira Gandhi. L'approccio moderato o, per meglio dire, timido della leadership indiana durante il periodo di Nehru o di Gandhi, che è stato criticato, potrebbe averci dato la tempra nazionale di sopportare piuttosto che essere completamente sommersi da spargimenti di sangue e guerre civili, che secondo molti teorici occidentali sarebbero il futuro dell'India, una nuova nazione nata da una storia di civiltà di 5 millenni di cultura, arti, spargimenti di sangue ed evoluzione. Il fatto che la democrazia indiana sia scivolata in basso nella classifica recente e che l'India sia stata oggetto di polemiche e critiche per essere un'autocrazia e una repubblica delle banane potrebbe essere solo un'invenzione dei tempi attuali. Non bisogna dimenticare che il subcontinente indiano ha avuto elementi di una democrazia ben funzionante e una ricca tradizione di amministrazione che, pur non essendo conforme agli standard occidentali, aveva elementi o determinanti dei principi necessari per una società democratica ben oliata. Il problema principale della nostra democrazia oggi è che siamo ancora fermi alle questioni di casta, al feudalesimo e, naturalmente, all'identità religiosa. Si tratta di fattori che non possono essere spazzati via immediatamente, come non è stato possibile negli ultimi 75 anni. La democrazia indiana è variegata e il concetto di franchigia universale degli adulti, che può essere criticato, non è una fonte di debolezza ma piuttosto di forza. Se gli emarginati non hanno voce, allora non è affatto democrazia. Churchill, che non vedeva di buon occhio la democrazia, soprattutto per le colonie, ha visto che l'India ha creato la più grande democrazia del mondo, dove la nazione indiana porta tutti con sé, o almeno ci prova. Ci sono molti che possono essere stati bocciati dal sistema, ma anche molti altri che

---

[26] *https://www.theweek.in/theweek/leisure/2023/07/29/john-zubrzycki-about-his-new-book-dethroned.html*

hanno fatto sentire la loro voce. Tuttavia, è vero che la nostra democrazia sta ancora usando le masse per i propri benefici o come pedine nel gioco del potere, ma l'India sta cambiando e si evolverà con la prossima generazione di indiani che avranno accesso a informazioni e media che devono essere veritieri.

Il miracolo di gestire la nazione di un paese a puzzle

L'India, la nazione che è stata liquidata da molti commentatori ed esperti occidentali, compresi i maestri imperiali, come già detto, è un miracolo. Una nazione come l'India, nata come un miracolo, è nata dal processo frettoloso e caotico di unire i puzzle di 562 Stati principeschi. Le tre aree problematiche di Hyderabad, Junagadh e Kashmir si sono unite dopo il dramma e il sangue versato dopo la spartizione di uno spazio culturale che abbiamo chiamato India ma che è stato ricavato dall'India britannica[27]. La struttura federale della nostra nazione, nata dalle province e poi trasformata in Stati, è basata su basi linguistiche. Il fattore diversità dell'India, se analizzato e confrontato, nonostante le occasionali perdite di vite umane, proprietà, estremismo, rivolte, è stato ancora gestito in precedenza. È lì, dove abbiamo avuto problemi nel Punjab, nel Nordest, nel Kashmir, e potrebbe esserci in futuro, ma il modo in cui sono state gestite le dimensioni e la diversità di questa costruzione post-coloniale basata su un'esistenza di civiltà della diversità deve essere preso in considerazione da molti, compresi gli scettici. Sono molte le nazioni post-coloniali, con l'eccezione riservata agli O.G. "U.S.A.", che non sono riuscite a mantenere i principi democratici a cui aspiravano nella loro lotta per la libertà politica e l'indipendenza. Tuttavia, l'India si erge forte e orgogliosa nonostante le critiche che in molte occasioni hanno visto la nostra democrazia scivolare verso il basso. Perché? Il meccanismo elettorale in India, nonostante abbia i suoi problemi, è ancora un esercizio prezioso e di valore, che almeno fa girare gli ingranaggi del concetto di democrazia, dove l'India ha tenuto il mondo in soggezione per l'utilizzo della diversità democratica, che è la più alta al mondo. Senza dimenticare la portata del processo democratico in India che, nonostante le lacune, è riuscito o almeno ha cercato di raggiungere ogni angolo del Paese. L'India aveva un'unica anima nel modo in cui l'esperienza della nazione

---

[27] *https://scroll.in/article/884176/patel-wanted-hyderabad-for-india-not-kashmir-but-junagadh-was-the-wild-card-that-changed-the-game*

è stata nel corso dei 5000 anni di storia registrata [28]ma la prova del destino dell'epoca coloniale e anche prima, dall'epoca del Sultanato di Delhi, aveva iniziato a creare linee molto deboli nella nazione che erano diventate troppo grandi e pronunciate quando la nazione ha ottenuto la sua forma finale di indipendenza politica. Se non fosse stato per la forza di Sardar Patel, soprattutto durante la fase di negoziazione quando gli inglesi stavano cercando di andarsene precipitosamente dopo la seconda guerra mondiale, l'India avrebbe potuto dare vita a circa 5-6 nazioni o anche di più, proprio come dopo la disintegrazione dell'Unione Sovietica ha dato vita a 15 nazioni[29]. La Russia è il legittimo successore della disgregazione dell'Unione Sovietica e uno svolgimento simile è avvenuto con la sanguinosa spartizione dell'India britannica in Pakistan e Bangladesh, senza dimenticare che c'erano alcune parti di questo puzzle che non avevano trovato il loro posto in cui inserirsi. Tutto sommato, si tratta di parti note della nostra storia. Tuttavia, la diversità e le differenze di un luogo come l'India sono come i diversi pezzi di un puzzle. La creazione dei principi democratici e il modo in cui è stato creato il sistema democratico ruotano generalmente attorno a poche persone. Tuttavia, dopo la scomparsa di Sardar Patel, l'inclusione di Goa, Diu, Dadra e Nagar Haveli, Sikkim non è meno importante di Hyderabad, Junagadh e Kashmir, come già detto. Il sorgere della nazione sotto forma di territorio delimitato, bandiera e inno è già stato menzionato in precedenza, ma il concetto di questo tipo di nazione si è diffuso ed è stato impresso in modo occidentale in tutto il mondo, specialmente nelle parti colonizzate del mondo come l'Asia, l'Africa e le Americhe. Il prezioso concetto di ottenere il diritto di voto, determinando il modo di amministrare, è qualcosa che ha un'enorme influenza sul modo in cui il mondo si sta formando nello scenario del dopoguerra. India, la formazione dei pezzi ha portato alla creazione della più grande democrazia del mondo in termini di popolazione è solo un passo. Tuttavia, il conflitto tra il centro e lo Stato nella struttura federale dell'India, in cui i problemi all'interno di uno Stato o tra gli Stati, ci ha mantenuto in vita come nazione, che è stata liquidata da Churchill. Il puzzle ha avuto più volte l'impressione di

---

[28] https://www.nature.com/articles/550332a
[29] https://www.indiatoday.in/opinion-columns/story/narrative-uprooting-idea-of-india-disintegration-1917766-2022-02-25

potersi rompere e sparpagliare, ma la forza invisibile della cura e della tutela, gentile o a volte assertiva come le due mani che si occupano di un puzzle finito da portare via con cura, lo ha impedito. Questo è il motivo per cui l'India esiste come nazione miracolosa.

1,4 miliardi di persone e più, le dimensioni contano! Beh, la qualità non così tanto? Come decodificare l'enigma delle 3P+C (povertà, inquinamento e popolazione più corruzione) per una crescita e uno sviluppo ugualitari

In una nazione di 1,4 miliardi di persone che cresce a vista d'occhio, l'idea del 3P+C ci ha sempre colpito molto. Il problema della nostra crescente povertà, almeno in termini di disuguaglianza, è una questione incancrenita che dobbiamo considerare per prima. A dire il vero, l'idea che la disuguaglianza sia superiore a quella dell'epoca coloniale che si è venuta a creare negli ultimi tempi è una vergognosa testimonianza dei combattenti per la libertà e del sangue versato per il movimento per la libertà in India. Non è che non abbiamo raggiunto una riduzione della povertà e l'idea della povertà estrema non viene indagata, ma dall'altro lato dello spettro viene da chiedersi se l'India stia davvero crescendo perché 800 milioni di persone dipendano ancora dalla razione gratuita! Si tratta di una cifra superiore a quella dell'intera popolazione dell'UE e dei $^{2/3}$ degli Stati Uniti, il che fa riflettere sul fatto che ancora dopo 7 decenni di indipendenza dobbiamo capire che i problemi che abbiamo sono legati alla povertà cronica. Ora, andando avanti e indietro, è vero che alle questioni di povertà è stato attribuito anche lo status di povertà multidimensionale, ma ci sono seri interrogativi sulla povertà nonostante l'India sia il secondo Paese nella classifica delle nazioni che hanno sollevato le persone dalla povertà. La mancanza di distribuzione delle risorse nel Paese tra i vari segmenti della popolazione è il problema in cui l'India ha vacillato, e la risposta si trova sia negli ambienti politici che nel denominatore della corruzione. Si fa un gran parlare dell'India nel mondo: l'India diventerà la terza nazione più grande del mondo in termini di PIL nominale, ma non conta nulla quando il denaro viene distribuito solo ai vertici e anche l'effetto di trascinamento verso la parte inferiore è quasi inesistente. Resta il fatto che la popolazione indiana è ancora in gran parte povera, il che potrebbe non essere endemico per l'India, ma può essere riscontrato in quasi tutte le nazioni post-coloniali[30]. L'India ha bisogno di crescere, ma il premio per la crescita deve essere assegnato a ciascuno e ancora è sulla carta. In effetti, è più facile dirlo e farlo in teoria che in termini pratici, ma le questioni sollevate sulla povertà sono quelle in cui noi, come nazione, abbiamo ancora fallito. Venendo ora all'altro enigma della crescita, si pone il problema dell'inquinamento e del cambiamento climatico. Anche se l'India è l'unica nazione che si dice sia in linea con l'impegno preso al vertice sul clima di Parigi del 2016. L'aumento della temperatura nelle aree urbane delle città indiane è un'altra grave preoccupazione, in quanto l'India è al centro dello spettro dei rischi associati al cambiamento climatico. La questione dell'inquinamento e della povertà è legata alla popolazione "gargantuesca" di cui l'India è al primo posto e agli immensi problemi che ne derivano[31]. Non è che non ci sia speranza, e non possiamo fare ipotesi negative, ma le domande sono pertinenti e sono state sollevate anche in precedenza. Il problema dell'esaurimento delle acque sotterranee nella città di Bengaluru, soprannominata "*Silicon Valley dell'India*", ricorda gli orrori affrontati da Città del Capo anche nel passato prossimo. Quindi, la qualità della vita in India è una questione che ci pone di fronte a sfide e il semplice esodo di persone con reddito netto elevato che hanno lasciato l'India è il più alto. L'esodo dei cittadini è avvenuto in India, nonostante la retorica del deposito di cervelli e altre propagande che abbiamo sentito nei media negli ultimi tempi. Se si considera il contesto dell'inquinamento e della popolazione, si arriva alla popolazione, dove milioni di persone sono ancora emarginate, ai margini della società. Questo può essere dovuto al fatto che in India, dove siamo orgogliosi della nostra civiltà e gloria passata, il concetto di disuguaglianza è stato normalizzato per un lungo periodo di tempo. L'era preindustriale dell'India, in cui la religione e il karma erano una parte importante del discorso della società indiana, aveva normalizzato la povertà in termini di peccati

---

[30] https://www.bbc.com/news/world-asia-india-68823827
[31] https://m.economictimes.com/news/economy/indicators/india-to-emerge-as-an-economic-superpower-amid-impending-global-economic-landscape/articleshow/110418764.cms

della vita passata. Anche il modo gandhiano di fare economia era meno incentrato sul materialismo e sull'industrializzazione, concentrandosi sullo sviluppo industriale su piccola scala in termini di produzione tessile attraverso la ruota (Charkha[32]). Questo ha i suoi svantaggi in quanto si è connesso con l'anima, ma il divario in termini di industrializzazione pesante e di sviluppo del settore manifatturiero è il punto in cui abbiamo accumulato un ritardo che ha portato a una grave crisi occupazionale che si è aggravata nell'ultimo decennio, oltre alle pressioni inflazionistiche mentre parliamo di essere una potenza globale in questi tempi.

---

[32] https://www.newindianexpress.com/web-only/2023/Oct/14/welfare-of-all-rather-than-profit-for-a-few-why-gandhian-ideas-can-still-guide-economic-policies-2623932.html

Abbiamo raggiunto lo spazio dalla terra delle mucche grazie al coraggio di pochi e dove siamo diretti ora nel mondo tecnocratico?

Nella nazione indiana, dove libri di autori come Baisham "**La meraviglia che era l'India**" o V.S. Naipaul "**Una civiltà ferita**" parlano del glorioso passato e del modo in cui ci siamo degradati, mentre libri come "**L'estate indiana**" e "**Dethroned**" spiegano con dettagli brillanti come la nazione indiana sia stata gestita male e ripresa sotto forma di India dalla terraferma che conoscevamo prima del dominio coloniale o dell'imperializzazione. Anche le opere di Dalrymple si sono concentrate sulle sfumature del Mughal e del Raj britannico, dove l'attenzione al futuro e alla rinascita non era un tema. Questo aspetto è stato trattato nei libri di *Nilekani, Shashi Tharoor, S Jaishankar, Kalam* e altri. Se i lettori si stanno chiedendo se questo è un elenco di libri da leggere o un nuovo capitolo. Aspettate! Il progresso dell'India nel passato potrebbe non essere stato ben documentato, soprattutto per quanto riguarda le conoscenze dell'antichità che sono andate perse nel gioco della civiltà e della conquista. La domanda che ci si pone è sempre quella di un lavoro scientifico in cui la conoscenza e la scienza dei tempi precoloniali e coloniali possano darci la possibilità di comprendere il nostro cammino nei tempi moderni, in particolare per quanto riguarda lo spazio, la medicina, l'informazione o la nanotecnologia[33]. In termini di produzione di elettronica e di chip, l'India è rimasta indietro rispetto a Cina, Giappone e Corea del Sud, che hanno mostrato l'alternativa all'Occidente. Non è che l'India non possa o non abbia il potenziale o la capacità di produrre prodotti come televisori, lavatrici ecc. con marchi indiani. Tuttavia, il dono di *Onida, BPL e Videocon* sembra essersi affievolito, poiché i giganti globali non indiani hanno conquistato quote di mercato. La stessa storia vale per l'industria manifatturiera dei cellulari, dove **M.I.L.K. (Micromax,**

---

[33] *https://www.news18.com/opinion/opinion-igniting-indias-job-engine-the-untapped-potential-of-manufacturing-8948962.html*

Intex, Lava, Karbonn) è crollata a causa dell'assalto dei cellulari cinesi e anche nella produzione di semiconduttori abbiamo mosso i primi passi. C'è sempre un lato positivo, soprattutto con i programmi di incentivi legati alla produzione e l'attenzione della politica verso la produzione nazionale, che è la necessità del momento nello scenario globale del^{XXI} secolo.[34] Il viaggio spaziale dell'India, iniziato in modo umile, con la famosa foto del nostro ex presidente A.P.J. Kalam che trasporta un razzo per il lancio sulla sua bicicletta, è un'immagine che può gonfiare il nostro orgoglio. Da lì siamo passati ad essere la nazione che è atterrata su Marte al primo tentativo e la prima nazione ad atterrare sul lato sud della Luna. Tuttavia, che dire dei problemi più grandi che abbiamo in mano e che testimoniano le sfide che noi, come individui piuttosto che come nazione, abbiamo dovuto affrontare. La nazione può crogiolarsi nella gloria, ma il sistema di supporto della nostra nazione è dove siamo ancora in ritardo e i difetti strutturali che sono emersi nelle opere degli studiosi sono solo destinati a riempire le biblioteche e le discussioni cognitive nei caffè di lusso. Le persone colpite, o meglio la classe del bestiame, sono apatiche di fronte allo scenario dei problemi che li affliggono o forse le lacrime si sono asciugate nei meandri della politica feudale e della corruzione ancora oggi. Non è così buio in tutti questi anni, poiché sono emerse strisce di ottimismo positivo in luoghi come **Kalahandi in Odisha, Bastar**, l'ultimo bastione rosso in Chhattisgarh e nonostante la politica corrotta e basata sulle caste, invece di uno sviluppo basato su un effetto a cascata in luoghi come l'*U.P. orientale o parti del Bihar, oltre ai progressi in Odisha, Madhya Pradesh e in altri Stati come Punjab, Bengala occidentale, Tamil Nadu ecc*. Il progresso è stato diverso in questa nazione miraggio che funziona come un puzzle in ogni senso della parola, sia geograficamente che culturalmente o socialmente. Pertanto, l'idea della nazione indiana riguarda le astronavi e la quantità di cibo e assistenza sanitaria di base. L'India, terra del più grande programma alimentare, soffre anch'essa dell'indice di fame, posizionandosi al di sotto di Pakistan e Bangladesh. Quindi, detto e fatto, la quantità di arresto infantile, di lavoro minorile e di indici dei diritti umani nella più grande democrazia del mondo è ciò che lascia perplessi tutti, compresi i cittadini interessati, me compreso. Qual è dunque il futuro dell'India?

---

[34] *https://www.globaltimes.cn/page/202311/1302676.shtml*

Non si tratta di conquistare lo spazio o il tavolo più alto del nuovo ordine mondiale, ma di fornire soluzioni ai problemi cruciali e dinamici di questa nazione frammentata.

Vogliamo essere una startup guidata dai giovani, ma stiamo facendo abbastanza per loro?

La questione e il problema sono che molti di noi sono guerrieri da poltrona, mentre l'onere e l'impulso devono essere l'azione sul campo, che è più facile a dirsi che a farsi mentre procediamo nel nostro viaggio. Nella nazione degli **Alpha-Zillenials**, che è il mix di *Millennials, Generazione Z e generazione Alpha emergente*, che si trova al crocevia della più grande democrazia e nazione più popolata del mondo, ha il potenziale e il potere di cambiare il corso del mondo. Tuttavia, il dividendo demografico dell'India fatica ancora a dare un lavoro adeguato all'enorme numero di persone in cui le competenze e la domanda di talento non coincidono. È proprio questo il problema per cui la politica deve affrontare le soluzioni e non limitarsi a prescrivere i problemi. Negli ultimi anni sono state introdotte politiche governative e finanziamenti per le startup e c'è speranza, ma la creazione di un buon ecosistema è fondamentale per lo sviluppo di una nazione in cui i giovani possano svolgere un ruolo. Da **Zerodha** ad **Agniban**, dal successo della fin tech a quello della start-up spaziale, ci sono fallimenti come quello di **Byju**. Tuttavia, tutto questo fa parte del viaggio e l'idea deve essere sempre rivolta al futuro. L'idea del governo di fornire il programma di prestiti **Mudra** è un passo concreto per aiutare gli imprenditori e gli aspiranti imprenditori ad avere successo. Il sogno indiano del XXI secolo è possibile e può diventare realtà, ma ci sono alcuni difetti strutturali nell'elaborazione e nell'attuazione delle politiche, dall'istruzione alla costruzione di infrastrutture e all'esecuzione delle politiche, che devono essere coordinate tra centro, Stato e livello locale. La nuova politica educativa, sulla carta, si propone di creare un nuovo modello di istruzione, allontanandosi dal metodo coloniale di Macaulay della "noce di cocco" per gli studenti[35]. Un sistema che mirava a creare indiani dalla pelle scura e dall'interno bianco, adatti al Raj britannico. È ora che i tempi moderni e le esigenze

---

[35] https://thewire.in/education/lord-macaulay-superior-view-western-hold-back-indian-education-system

moderne di un'India cambiata e assertiva si concentrino su soluzioni in cui le dinamiche dell'intelligenza artificiale, dell'apprendimento automatico e del coding non siano più parole d'ordine ma requisiti dei tempi moderni per una nuova società guidata dai giovani di cui l'India ha bisogno. La crescita dell'occupazione in India negli ultimi due decenni è stata fonte di preoccupazione, poiché il Paese ha assistito a un'espansione dell'economia senza un corrispondente aumento dell'occupazione. Questo scollamento, tra l'altro, sta causando un aumento della frustrazione soprattutto tra i giovani che vogliono un lavoro che dia stabilità e un senso di scopo. L'introduzione del programma Agniveer, che sostituisce la sicurezza del lavoro a lungo termine per coloro che prestano servizio militare con contratti a breve termine, ha ulteriormente accentuato queste preoccupazioni sulla sicurezza del lavoro e sull'erosione del contratto sociale tra lo Stato e i suoi cittadini[36]. Ha il potenziale per disturbare i percorsi occupazionali tradizionali, che hanno dato stabilità e patriottismo a molti giovani indiani.

In conclusione, è necessario un approccio multiforme per affrontare queste sfide, come le riforme economiche, lo sviluppo delle competenze e la creazione di posti di lavoro all'interno delle istituzioni pubbliche e private. Questo dovrebbe andare di pari passo con una revisione approfondita del sistema delle riserve, per assicurarsi che serva il suo scopo originario, ovvero dare potere alle persone svantaggiate, invece di essere usato come strumento per ottenere vantaggi politici. Negli ultimi due decenni l'India ha sempre discusso del concetto di **"dividendo demografico**[37]**"**, ma lo spreco delle risorse della popolazione giovane è stato un'altra preoccupazione. La nozione di *Pakoda-nomics*, in cui la vendita di frittelle è considerata un lavoro, può essere moralmente giusta, ma è sufficiente per giudicare e giustificare. È vero che in nessuna parte del mondo un governo può affermare che il 100% della popolazione è occupata, perché l'occupazione non è solo una questione di opportunità, ma anche di

---

[36] https://www.businesstoday.in/india/story/former-army-chief-hints-at-badlaav-in-agniveer-scheme-some-changes-could-be-made-after-431439-2024-05-30#:~:text=years%20of%20service.-,Under%20the%20Agnipath%20Scheme%2C%20which%20was%20rolled%20out%20in%20June,that%20has%20upset%20army%20aspirants.

[37] https://www.livemint.com/economy/ageing-population-a-structural-challenge-for-asia-india-s-demographic-dividend-to-dwindle-adb-11714637750508.html

persone o risorse umane che vogliono ottenere un lavoro e di coloro che possono creare opportunità di lavoro. Cioè coloro che possiedono capitali e/o idee imprenditoriali e possono offrire opportunità alle risorse disponibili. L'India ha affrontato questa particolare sfida di crescita con inflazione, che è economicamente logica, ma senza commisurate opportunità di lavoro, che sembra illogica. Pertanto, l'idea della crescita senza lavoro è stata un problema negli ultimi due decenni che sembra esplodere quando programmi come *Agniveer* sostituiscono la certezza di un'opportunità di lavoro a lungo termine che viene offerta dai servizi delle forze armate, anche se con rischi, difficoltà e un pizzico di patriottismo. La riserva in nome della politica, che doveva essere una via per gli emarginati, è ora diventata una valvola di sicurezza per la banca dei voti, dove nuove caste e sottocaste cercano la riserva per entrare nella mischia. Il limite massimo di riserva del 50% previsto dalla raccomandazione del caso Indra Sawhney è già stato superato e un'altra ciliegina sulla torta della riserva è arrivata sotto forma di "Sezione economicamente più debole", con parametri vagamente definiti. Poi viene la questione della riserva per le altre classi arretrate, sia per gli strati cremosi che per quelli non cremosi della torta della riserva, senza dimenticare la politica della banca dei voti delle minoranze. In questi giochi politici, l'attenzione alla generazione di posti di lavoro, che si tratti della **"Pradhan Mantri Kaushal Vikas Yojana"** sotto forma di apprendistato o della creazione di un maggior numero di industrie manifatturiere attraverso il programma di incentivi legati alla produzione per la produzione di apparecchiature elettroniche nell'ambito del programma *"Make in India "*, è ancora in difficoltà. Pertanto, l'attuale governo deve trovare una via d'uscita a lungo termine. In India, la questione della riserva per le altre classi arretrate, che comprendono sia gli strati cremosi che quelli non cremosi, è una questione politica spinosa. L'obiettivo di queste politiche è raggiungere la giustizia sociale e l'emancipazione economica, ma la loro attuazione è stata spesso inficiata da politiche di voto a scapito della generazione di occupazione e della crescita inclusiva. Le iniziative dell'attuale governo, come la Pradhan Mantri Kaushal Vikas Yojana (PMKVY) per lo sviluppo delle competenze e lo schema Production Linked Incentive (PLI) per la produzione elettronica nell'ambito di Make in India, sono alcune misure politiche volte ad affrontare le sfide della disoccupazione e dello sviluppo economico[38]. Tuttavia, i progressi su questi fronti sono rimasti lenti a causa dello scenario politico indiano, che presenta le sue complessità in questa nazione democratica e diversificata del mondo.

---

[38] *https://www.business-standard.com/industry/news/with-geo-political-concerns-engg-firms-nudge-suppliers-to-make-in-india-124063000283_1.html*

Roti, kapda, makaan (Cibo, Vestiti, Riparo) con sanità e istruzione universali, ancora dietro a Dharam, Jati e Deshbhakti (Religione, Casta e Nazionalismo) per Watan, Vardi e Zameer (Nazione, Uniforme e Coscienza).

Il nostro nuovo parlamento ha il murale di **"Akhand Bharat "**[39] o subcontinente indiano indiviso, dove tutte le nazioni dell'Asia meridionale sono parte della grande India. La nazione si è divisa in due parti, il Punjab e il Bengala, che se fossero rimaste unite in India o se avessero formato i propri destini formando nazioni diverse avrebbero potuto avere una traiettoria diversa. L'India, la nazione miracolosa, è stata definita un miraggio da molti commentatori occidentali e persino da Churchill, che ha respinto l'idea dell'India e la sua aspirazione all'indipendenza equiparandola a una nazione immaginaria come l'equatore. La politica indiana, anche dopo 200 anni di cattiva gestione del dominio coloniale, non ha fatto altro che compiere pochi passi, nudi e necessari, per mantenere la supremazia in una nazione che, pur essendo numericamente minuscola, è riuscita a mantenere l'India con l'aiuto degli indiani. Anni prima della colonizzazione europea, l'era Mughal o il sultanato di Delhi prima di allora e anche i Maratha, i Rajput e il sultanato del Bengala avevano tutti un proprio stile e una propria esecuzione dei piani, alcuni dei quali potevano essere arbitrari e privi dell'attuazione delle regole che i western possono aver portato avanti. Ciò non significa in alcun modo che non esistesse un sistema di governo, di pianificazione urbana e rurale, di registri fondiari, di tribunali e di amministrazione, che era prevalentemente feudale ma non mancava di una assoluta sofisticazione. Si può dire che nella

---

[39] *Siamo in pericolo, salvateci...", il Pakistan è nervoso vedendo il murale "Akhand Bharat" nel nuovo Parlamento indiano - The Economic Times Video | ET Now (indiatimes.com)*

maggior parte dei Paesi neocoloniali i Paesi si sono adattati allo stile dei colonizzatori, mentre le popolazioni tribali o indigene sono rimaste dove erano, tranne per il fatto che hanno perso il controllo sulle risorse. Sfortunatamente, in India, prima e dopo l'indipendenza, la politica delle caste, delle riserve e *del roti-kapda-makaan (cibo, vestiti e alloggio) aur garibi hatao (eliminare la povertà)*[40] negli ultimi decenni è rimasto in vigore ma è cambiato in termini di liberazione. È vero che il contesto e la situazione della misurazione della povertà in India, dove una volta la pornografia della povertà e il turismo della povertà erano dilaganti da parte degli occidentali e dei media occidentali che trascuravano la loro condizione, sta subendo un cambiamento lento ma dinamico. Le cose richiedono tempo e lo stesso vale per l'India, anche se molti Paesi, sebbene di dimensioni e popolazione inferiori, come la Corea del Sud, Taiwan, Singapore ecc. hanno mostrato la strada. L'India è il miracolo del melange della civiltà umana [41] progettato come Paese. È vero che questa nazione ha prodotto libri come "La terra degli idioti" ed è la stessa nazione che ha prodotto incredibili storie di successo. Il problema dell'India è la popolazione, la maggior parte della quale è ancora poco istruita, non istruita, che fa rumore sui social media e forse non lo è, oppure le persone istruite sono nella loro torre d'avorio o non sono interessate a far parte del problema del termine dispregiativo usato per definire **"classe bovina"**. L'idea che ogni cittadino abbia una vita dignitosa è ciò che definisce e differenzia l'India, che è la nazione più popolosa del mondo, e ha una sfida da affrontare. L'India è in grado di farlo e, se sì, in quanti anni o con quale tempistica? Ci sono libri come *"L'India ha deluso i suoi cittadini"* da un lato e dall'altro le meravigliose politiche di creazione e attuazione come *"Obiettivo 3 miliardi"* del defunto presidente del Dr. A.P.J. Abdul Kalam Azad o la rivoluzione tecnologica digitale dell'India di Nandan Nilekani oltre a Bimal Jalan e molti altri. La risposta probabilmente si trova nel mezzo, che in un certo senso mi è sembrato che Raghuram Rajan, nonostante sia stato preso in giro in quanto economista indiano non residente in elicottero, abbia colto nel suo ultimo libro. A questo proposito, Abhijit Banerjee

---

[40] *Garibi hatao" come gioco di numeri (deccanherald.com)*
[41] *La sopravvivenza dell'India come nazione unita per 70 anni è un miracolo: Ramachandra Guha (business-standard.com)*

e Amartya Sen, due economisti bengalesi vincitori di premi nobiliari e ora cittadini degli Stati Uniti, che prescrivono le loro politiche economiche, sono ironicamente originari del Bengala, che a sua volta è stato oggetto di una costante deindustrializzazione fin dall'indipendenza. L'India deve guardare e definire la sua politica per la parte orientale dell'India e per il nord-est dell'India che, nonostante gli sfortunati episodi di conflitto etnico in luoghi come il Manipur, negli ultimi tempi ha ancora visto politiche governative proattive per lo sviluppo socio-economico. Una volta il **BIMAROU (Bihar, Madhya Pradesh, Rajasthan, Odisha, Uttar Pradesh)** ha dato origine a nuove stelle come Odisha, Uttar Pradesh e in parte anche Madhya Pradesh e Rajasthan. Il concetto di mera rimozione della povertà non è la soluzione, ma come? Può trattarsi di un modello Odisha incentrato sui piccoli gruppi di auto-aiuto, di un modello Kerala di assistenza sociale con i soldi del Golfo, di un modello Gujarat capitalista, qualsiasi cosa funzioni per il successo adattativo è più che benvenuta in questa nuova India senza Gandhi.

Conclusione

PB Chakraborthy era il Presidente della Corte Suprema di Calcutta e ricopriva anche il ruolo di Governatore ad interim del Bengala Occidentale. Scrisse una lettera all'editore del libro di RC Majumdar, A History of Bengal. In questa lettera, il Presidente della Corte Suprema scrive: "Quando ero governatore ad interim, Lord Attlee, che ci aveva dato l'indipendenza ritirando il dominio britannico dall'India, trascorse due giorni nel palazzo del governatore a Calcutta durante il suo tour in India. In quell'occasione ebbi una lunga discussione con lui sui reali fattori che avevano portato gli inglesi ad abbandonare l'India". Chakraborthy aggiunge: **"La mia domanda diretta ad Attlee fu che, dal momento che il movimento Quit India di Gandhi si era esaurito da tempo e che nel 1947 non si era verificata alcuna nuova situazione impellente che richiedesse una partenza precipitosa dei britannici, perché questi ultimi dovettero partire?" Nella sua risposta Attlee citò diverse ragioni, la principale delle quali era l'erosione della lealtà alla corona britannica tra il personale dell'esercito e della marina indiana a seguito delle attività militari di Netaji",** *si legge sul sito. Non è tutto. Chakraborthy aggiunge:* **"Verso la fine della nostra discussione chiesi ad Attlee quale fosse la portata dell'influenza di Gandhi sulla decisione britannica di abbandonare l'India. Sentendo questa domanda, le labbra di Attlee si contorsero in un sorriso sarcastico mentre masticava lentamente la parola: "m-i-n-i-m-a-l!".**

Gandhi era un uomo pieno di contraddizioni e di difetti come tutti gli esseri umani, anche se voleva essere un tutore moralmente superiore delle masse. Può essere definito un ingenuo, uno che manca di assertività, e anche i suoi cosiddetti vizi, che ha ammesso nel suo stesso libro, a parte l'atteggiamento razziale che può essere messo in discussione nella sua vita precedente. Eppure, nonostante le critiche, è stato Netaji a conferirgli il titolo onorifico di **"Padre della Nazione"**, non riconosciuto dalla risposta del *Diritto all'Informazione*. Lo stesso uomo che fu ammonito da Gandhi gli diede il titolo a parte di Tagore chiamandolo **"Mahatma"**. Ciò che era può essere messo in discussione e rispondere in modo diverso, sia come critico che come nessuno, questo pezzo iconico di carne e sangue aveva ancora il suo marchio unico che **Einstein** ha osservato : *"Le generazioni a venire stenteranno a credere che uno come questo abbia mai camminato su questa terra in carne e ossa. (detto del Mahatma Gandhi)"*.

www.ingramcontent.com/pod-product-compliance
Lightning Source LLC
LaVergne TN
LVHW041541070526
838199LV00046B/1778